UNE SIRÈNE À PARIS

MATHIAS MALZIEU

UNE SIRÈNE À PARIS

roman

ALBIN MICHEL

Pour Rosy, la sirène à Paris

« Les seuls gens vrais pour moi sont les fous, ceux qui sont fous d'envie de vivre, fous d'envie de parler, d'être sauvés, fous de désir pour tout à la fois, ceux qui ne bâillent jamais et qui ne disent jamais de banalités, mais qui brûlent, brûlent, comme des feux d'artifice extraordinaires qui explosent comme des araignées dans les étoiles, et en leur centre on peut voir la lueur bleue qui éclate et tout le monde fait "Waouh !". »

Jack Kerouac,
Sur la route

1

Il pleuvait en plein soleil sur Paris, ce 3 juin 2016. La tour Eiffel se laissait pousser les arcs-en-ciel, le vent coiffait leurs crinières de licorne. Les grelots de pluie rythmaient la métamorphose du fleuve. Les embarcadères se transformaient en plages de bitume. L'eau montait, montait et montait encore. Comme si quelqu'un avait oublié de fermer le robinet de la Seine.

Sur les berges, des roseraies de parapluies fleurissaient en accéléré. Ambiance défilé de mode en bottes de pluie. Tout le monde voulait voir le fleuve sortir de son lit. Oubliée, Notre-Dame. La nouvelle star, c'était la Seine !

Paris s'argentait sous un crachin de mercure. De part et d'autre des ponts se formaient de gris lagons. Les routes s'évaporaient à la lisière d'un monde nouveau. Le marquage au sol disparaissait dans les abysses. Les feux de signalisation se changeaient en périscopes passant du vert au rouge en silence. Une famille de canards circulait en sens interdit.

Le courant charriait des arbres arrachés aux forêts voisines. Debout sur un tronc, un renardeau s'offrait une visite privée de la Ville lumière. Ballons de foot, fauteuils roulants, bicyclettes et autres coffres-forts dérivaient à sa suite.

Paris donnait l'impression de chavirer dans son propre tourbillon. Les péniches du centre avaient été évacuées. Imperturbables, les bouquinistes de l'île Saint-Louis enveloppaient leurs livres dans des poches en plastique, comme s'ils préparaient des cadeaux d'anniversaire pour les morts. Depuis le début de la crue, plusieurs disparitions avaient été recensées.

2

Une épidémie de K-way frappait le centre-ville. La pluie continuait de tomber avec la régularité d'une horloge. Ça faisait des bruits d'applaudissements. Bravant les éléments, un vieux patineur à roulettes slalomait le long du pont d'Arcole. Les rares enfants qu'il croisait le regardaient comme un super-héros démodé.

Un joggeur en survêtement rouge le dépassa en chantant fort et faux une chanson de Mariah Carey. Son corps ruisselait mais son cœur semblait imperméable. La pluie ne s'arrêtait plus de tomber. Et la Seine de monter.

Sur le pont, les gens pêchaient directement du parapet, d'autres voulaient faire des tours de barque. Certains étaient munis d'épuisettes. C'était la pêche au canard, mais pour adultes. Avec sa barbe et ses rollers quad, Gaspard Snow incarnait parfaitement cet anachronisme. On aurait dit un père Noël en civil abandonné par ses lutins en plein Paris.

L'asphalte ressemblait à un lac gelé en plein dégel. La chaussée était gorgée d'eau. Chaque seconde, Gaspard risquait la chute. Le vent soufflait, son corps faisait voile. Le sol était beaucoup trop glissant pour freiner.

Quai de l'Hôtel-de-Ville, les cumulus s'amoncelaient. Leurs ventres dodus trempaient dans le fleuve. Une fille en fleur flânait, sa glace Berthillon plantée dans les nuages. La navigation des bateaux-mouches avait été interrompue pour éviter de décapiter les touristes en passant sous les ponts.

Près du quai aux Fleurs, une Clio inondée jusqu'au pare-brise avait viré à l'aquarium sur roues. Une truite égarée louvoyait entre le siège passager et la banquette arrière. Le fleuve régurgitait des objets comme si le passé remontait à la surface. Scooter préhistorique, téléphone à cadran, télévision à coins arrondis… Le vide-grenier du temps qui passe.

À l'angle du quai de Montebello, Gaspard perdit le contrôle de ses patins. Il dérapa dangereusement vers une colonne Morris qu'il esquiva tel un toréador. Mais il lui fallait rejoindre au plus vite le Flowerburger. Cette péniche, c'était tout ce qui lui restait de sa grand-mère récemment décédée. Le cœur de son fantôme battait encore dans sa coque…

D'après les calculs de Gaspard, le Flowerburger aurait dû se trouver face à lui. À sa place, un grand rien saupoudré de brume. La crue avait rendu la plupart des bateaux inaccessibles. Il vérifia l'adresse, il était pourtant bien face au 34, quai de Montebello !

En contrebas, Gaspard distingua une silhouette fripée, collée à son banc comme la moule à son rocher. Il s'approcha. C'était un très vieil homme aux airs de nain de jardin, tout en barbe et petit bonnet. Journal roulé en poche et armé de Thermos et biscuits, il semblait décidé à ne rien rater du spectacle de cette crue extraordinaire. Il écoutait « Non, je ne regrette rien » d'Édith Piaf sur un antique mange-disque orange. Un chat tigré blotti sur ses genoux faisait office de bouillotte. Ils avaient l'air heureux tous les deux sous leur grand parapluie noir, aux premières loges pour assister aux prémices de l'apocalypse.

– Bonsoir, monsieur, excusez-moi… Connaîtriez-vous le Flowerburger ? C'est une péniche, elle est amarrée ici normalement…

Pas de réponse. Pas même un mouvement. Le vieil homme fixait la surface de l'eau, comme hypnotisé par les tourbillons qui s'y formaient. Avait-il vu quelque chose ?

Gaspard poursuivait ses recherches dans le labyrinthe de brume. Le doute se transformait insidieusement en inquiétude. Plus rien ne ressemblait à rien. Les dieux étaient en train de retourner Paris comme une boule à neige. Entre Notre-Dame, l'Hôtel de Ville et le Louvre se dessinait un nouveau triangle des Bermudes.

Gaspard se dit qu'un jour, à force de réchauffement climatique, Paris serait totalement engloutie. À la surface du fleuve, on devinerait les vestiges d'une civilisation disparue. Le sommet rouillé de la tour Eiffel, les bulbes du Grand Palais et l'obélisque de la Concorde seraient autant d'ancres pendues à l'envers du monde. La grande roue servirait de télécabine pour remonter à la surface. Les guides touristiques se reconvertiraient dans la plongée, le subway deviendrait submarine, chaque jour on irait chercher sa bouteille d'oxygène chez l'épicier du coin. Partout dans les rues, des concessionnaires de sous-marins. Les habitants des abysses apprendraient à se souvenir du soleil et en chérir le moindre reflet.

Au loin, les horloges du musée d'Orsay brillaient comme deux grosses lunes jumelles. Un camion-poubelle ramassait des restes d'arc-en-ciel. Pour éviter de se mouiller les pattes, les pigeons se posaient sur son toit. À mesure que l'eau montait, les ponts semblaient rétrécir. Le zouave de l'Alma ne tarderait plus à boire la tasse. L'orage grommelait, grommelait et grommelait encore. La nuit continuait son travail d'assombrissement.

Gaspard était trempé, chacun de ses mouvements faisait des bruits d'éponge pressée. Un frisson de grippe, des palpitations contre les tempes mais aucune trace du Flowerburger.

Soudain, un lampadaire claqua.

Puis un éclair décapita le ciel.

Et tout s'éteignit d'un coup.

La grande horloge du Temps venait de faire un infarctus. Paris était plongé dans l'obscurité. Nuit noire, à perte de vue.

3

Une lueur se mit à palpiter au pied du pont Saint-Michel, disparaissant aussi vite qu'elle apparaissait. Le vieux pêcheur ne bougeait plus, comme si la foudre l'avait soudé à son banc. Le vinyle d'Édith Piaf tournait en boucle sur la même phrase : « Non, non, non, je ne… Non, non, non, je ne… »

Puis un son étrange retentit. De tout petits bruits de cristal, mais suffisamment précis pour qu'on distingue une mélodie.

Le chat tendit l'oreille et se dressa sur ses pattes.

Un canard plongea dans une flaque de bitume et se cassa le bec en deux.

Le vieux pêcheur se leva mécaniquement. La berceuse magnétique l'enveloppait. Il s'approcha lentement du fleuve en fredonnant la mélodie, tel un fantôme téléguidé par la brume.

*

Gaspard Snow glissait au ralenti le long du quai. Il ne reconnaissait plus sa ville. La bruine sucrait les nuages à l'envers, sans s'arrêter. Silence de neige et couloirs de brume à perte de vue.

Comme Paris, son cœur avait sombré ! Mais comme Paris, lui non plus ne céderait rien à la nuit. *Fluctuat nec mergitur*[1] ! Gaspard était né loin de la capitale mais, depuis les attentats, son cœur battait pour elle. Quelque chose de cette ville coulait désormais dans son sang. Çà et là les lumières recommençaient à étinceler, se reflétant dans les gouttes de pluie. Sur le boulevard du Grand Palais, les colliers de lampadaires se rallumèrent. La ville revenait à elle, par à-coups. Les peintres de crépuscule reprirent leur boulot d'empourpreurs au ras du fleuve. Au loin, la tour Eiffel scintillait comme une bouteille de champagne électrique.

Gaspard tournait en rond sans s'en rendre compte, passant et repassant au même endroit.

Jusqu'à ce qu'il reconnaisse le banc du vieil homme. Le grand parapluie noir ressemblait à un cadavre de chauve-souris empalé dans un arbre de chrome. Le vent secouait ses ailes inanimées à travers la brume. Le chat miaulait de désespoir avec son copain le canard au bec

1. La devise de Paris : « Il est battu par les flots, mais il ne sombre pas. »

pété. Le mange-disque continuait de crachoter l'absence de regrets d'Édith mais le pêcheur, disparu.

Dressé sur la pointe de ses patins, Gaspard approcha un ponton décapité par le fog. Les planches de bois craquaient à son approche. Ses pulsions cardiaques s'accélérèrent. Son mauvais pressentiment se transformait en quasi-certitude : le pêcheur et le Flowerburger avaient été engloutis. Sa coque était fragile et le pont facilement inondable. Il pensait à une discussion qu'il avait eue avec son père qui voulait débarrasser le Flowerburger du fantôme de Sylvia. Il était trop lourd selon lui, il finirait par faire couler le bateau.

– Et tu vas en faire quoi, de son fantôme ? Tu vas le déposer aux encombrants ?

– Je vais juste l'oublier suffisamment pour qu'il ne prenne pas toute la place et que la vie continue !

La berceuse magnétique reprit doucement. Une partie de son cerveau sommait Gaspard de passer son chemin, l'autre de trouver la source de cette étrange berceuse. Elle semblait le suivre. Lorsqu'il arrêtait de marcher, elle s'arrêtait. Il ne pouvait s'empêcher de la fredonner, comme s'il la connaissait depuis toujours.

Un souvenir, une sensation remonta de très loin. Le son de l'orgue de verre que s'était confectionné sa grand-mère. Elle mouillait le bout de ses doigts avant de les faire glisser sur le rebord des coupes, la vibration du cristal les enveloppait.

L'orage recommença à gronder. Gaspard cheminait à tâtons parmi des buissons gorgés d'eau. Au loin, le journal du pêcheur ondulait au gré des remous de la Seine. « Paris 2016, crue classée. Plus de six mètres, un niveau jamais constaté en plus de trente ans ! » Un peu plus bas, son chapeau tournoyait à la surface du fleuve.

La guirlande de lampadaires fit une nouvelle crise de faux contacts. Gaspard s'immobilisa un instant. La mélodie se rapprochait. Le vent portait le son, le déposait au creux de ses tympans. Il en était sûr maintenant, c'était la cantilène que Sylvia lui jouait pour l'endormir !

Gaspard ressentit un picotement dans la poitrine, ainsi qu'une sensation presque agréable de vertige. L'envie de se laisser aller au gré des souvenirs embrumait son esprit…

Soudain, une main lui agrippa l'épaule.

4

– Gaspard !

Il reconnut la voix amicale d'Henri.

– Tu t'es encore perdu, toi…, ajouta le cuisinier du Flowerburger dans un sourire tordu par la clope qu'il essayait d'allumer.

Ruisselant, Gaspard haussa les mains en guise de réponse. Le cuisinier pointa une source lumineuse derrière lui. Gaspard se retourna et le Flowerburger apparut, tel un vaisseau fantôme surgi du brouillard. Vaillant, insubmersible, il semblait être là depuis toujours.

– Tu es censé être sur scène depuis dix minutes… Ta guitare et ton ukulélé sont accordés et les choristes sont prêtes ! lui annonça Henri avec son sourire de jeune Belmondo à moustache.

Henri et Gaspard entrèrent dans une trappe à même la coque du bateau qu'ils appelaient « l'entrée des artistes ». La camaraderie qui les unissait laissait à penser qu'ils étaient frères.

Au même moment, un jeune homme habillé en zazou des années 40, veste longue et cintrée, pantalon court, chaussures pointues et tignasse de lionceau, s'arrêta devant l'entrée de la péniche. L'enseigne rouillée indiquait sobrement « Burgers ». D'anciens bureaux d'écoliers couverts de graffitis faisaient office de tables. Du placo mal fini et un écran qui diffusait un match de football. Trois supporters égarés commentaient à coups de « Boum, j'te djis ! » dès qu'un joueur de leur équipe favorite dépassait la ligne médiane.

– Je voudrais aller dans la coque, lança le zazou à la serveuse derrière le bar.

Son chignon avait une forme de donut. Son corps était un assortiment de desserts.

– Vous êtes sûr ?

– Plus que sûr !

– Vous avez le mot de passe ?

– Oui… hum… « Les fantômes de mes souvenirs sont accoudés au comptoir. »

– Suivez-moi…

« Boooooum, j'te djiiis ! » entendait-on encore.

Au fond de la salle, la serveuse désigna une porte blanche qui semblait mener aux cuisines. Cette porte donnait en réalité sur un escalier insonorisé. En bas, une trappe ouvrait sur le cœur du bateau : Le Flowerburger, un cabaret caché au fond de sa coque. Un inframonde, séparé du reste de la ville par un simple sas.

Tout au Flowerburger était délicatement intrigant. Des licornes en bois aux livres anciens entassés sous le bar, chaque objet semblait abriter un secret, une histoire. Visiter la coque de la péniche revenait à visiter le cœur de Sylvia Snow.

La grand-mère de Gaspard était tombée amoureuse de ce bateau, avant de tomber amoureuse dedans. Nous étions en 1943, elle tenait une épicerie sur le pont et cachait des résistants dans la coque. Sylvia avait construit ce bateau comme un rêve, un refuge féerique mais bien réel. Quelques bougies, du bois et de l'étoupe. Une atmosphère de nid. On avait la sensation d'avoir rétréci pour y entrer. Au fond de la salle trônait une boîte à musique géante dans laquelle tournoyait une danseuse à taille humaine.

Henri avait regagné son poste. Installé au comptoir, il composait les fameux burgers aux fleurs qui avaient donné son nom au bateau. Il découpait les tiges et triait les pétales avec la dextérité d'un croupier de poker. Il harmonisait les couleurs en fonction de chaque recette. Ses sandwichs étaient aussi beaux que bons.

Face au bar, une sorte de cabine photomaton en bois patiné sur laquelle il était inscrit : « *Record your own voice in the voice-o-graph* ». On pouvait y graver instantanément sur vinyle une minute de chanson ou un message, comme un polaroïd, mais musical. Tout autour, un empilement de boîtes minutieusement scellées, avec des noms, des dates différentes.

Le zazou commanda un Flowerburger à la rose, pour l'assortir avec son nœud papillon rouge. S'habiller ainsi participait à l'effet « machine à remonter le temps » du lieu. Quitter 2016 pour atterrir dans les années 40. Tous ceux qui connaissaient le mot de passe jouaient le jeu.

Gaspard surgit de derrière la boîte à musique armé de sa guitare criblée d'autocollants et de son porte-harmonica aux airs d'appareil dentaire, prêt à en découdre. Avec lui, The Barberettes, le groupe de choristes à demeure. Trois filles qui ressemblaient à des danseuses de boîte à musique vivantes.

Chaque soir, Gaspard portait à bout de bras ce rêve : sauver le Flowerburger. Il avait signé un pacte avec lui-même et n'y dérogeait pas. « Tu es le dernier des Surprisiers et cette péniche en est le dernier bastion », lui avait dit sa grand-mère avant de mourir.

Dans la famille, on ne plaisantait pas avec l'imagination. « *The poetry of war* », disait Sylvia. « Échapper, s'échapper, travailler à son rêve jusqu'à le transformer en réalité. » Un art de vivre et de résister même en temps de guerre, surtout en temps de guerre. Une malice, un pas de côté. Une invitation à voir plus encore qu'à regarder. Destruction de l'esprit de sérieux, ardeur poétique.

Gaspard avait promis à sa grand-mère qu'il transmettrait cet art de vivre. Depuis sa mort, Gaspard se définissait exclusivement par sa capacité d'émerveillement. Être un rêveur de combat, vivre en accéléré pour ne pas gâcher la moindre particule de seconde. Démangeaison d'étoile filante. Il ressentait tout plus fort que les autres. Il pouvait être l'homme le plus heureux et le plus triste du monde dans la même seconde. Trop était sa juste mesure. Burn-in pour éviter le burn-out.

Il montait sur scène comme sur un ring, armé de sa guitare et vêtu d'un costume noir : « Les fantômes de mes souvenirs sont accoudés au comptoir », hululait-il, hanté par l'esprit des Surprisiers. Il convoquait ses fantômes, s'en électrocutait, les invitait à lui passer sur le cœur. Il les incarnait avec une telle intensité qu'il éprouvait de grandes difficultés à retourner dans le monde réel ensuite. Ces concerts étaient à la croisée d'une séance d'hypnose, d'un enterrement au Mexique, du stand-up et d'un goûter de Noël. Quelque chose qui était de l'ordre de la crise de nerfs et de l'explosion de joie. Le tout chauffé à blanc dans une marmite de rock'n'roll remplie de chansons de cow-boys. Mais être Surprisier, c'était décider d'être l'Indien. Celui qui va voir l'ailleurs si j'y suis. Celui qui prend le risque de désobéir. Surprendre et se surprendre au point d'accéder au rang de Surprisier suprême : Arrêteur de temps.

Gaspard défendait l'idée du secret de la coque. Son père lui conseillait de casser la cloison pour bénéficier d'un plus grand espace, de mettre en place une cuisine et un menu classiques, pas seulement des burgers avec des fleurs. Mais le jeune homme vibrait pour ce monde qu'avait créé Sylvia. Son monde. Son père le comprenait mais ne supportait plus de vivre au milieu de ce bestiaire de souvenirs. C'était trop douloureux. Il exprimait son deuil par un besoin de table rase, à l'exact opposé de Gaspard. Camille était ce magicien mélancolique jamais remis de la mort de sa mère. À l'époque, on l'appelait « le king du close-up ». Il était l'un des plus grands Surprisiers. Mais depuis la disparition de Sylvia, le cœur n'y était plus. La mélancolie l'avait englouti. Il ne se ressemblait plus vraiment. Gaspard et Camille souffraient des mêmes maux, mais se soignaient avec des traitements différents. Cela les éloignait et ils pâtissaient de cet éloignement. Gaspard détestait l'idée que son père ait pu abandonner ses rêves à ce point. Camille détestait l'idée que son fils ait pu abandonner sa réalité à ce point. L'entretien du Flowerburger coûtait cher et il ne rapportait plus assez d'argent.

Ce soir, à quelques zazous près, le Flowerburger était désert. Personne n'écoutait. La crue et ses mystérieuses disparitions étaient sur toutes les lèvres. Tout le monde disait avoir vu quelque chose, mais personne ne racontait la même histoire. Pour soutenir Gaspard, Henri jeta quelques confettis en haranguant la foule indifférente...

Un clappement sonore et régulier retentit au fond de la salle, attirant les regards. Une pin-up tout droit sortie d'un Tex Avery applaudissait en crachant des petits cercles de fumée.

Sans cesser d'applaudir, elle avança jusqu'au comptoir, dans un roulis de hanches à vous donner le mal de mer. Ses ongles étaient si impeccablement vernis que ses mains faisaient penser à un cerisier. Un cerisier avec une clope entre les branches. Et tant de fleurs dans son chignon roux qu'on aurait pu remplir trois burgers. Sa chute de reins ne tombait pas, elle déferlait. Elle avait des seins comme des gâteaux d'anniversaire. Henri était complètement hypnotisé. Toute la salle l'était.

Sauf Gaspard, qui venait de s'accouder au bar et n'en avait que pour son whisky écossais. La pin-up se mit à fredonner « les fantômes de mes souvenirs sont accoudés au comptoir » en faisant quelques pas de claquettes. Ce qui ne lui fit aucun effet. Rien. Pas l'ombre d'un frisson.

– Ohé, t'es avec nous ? Jessica Rabbit a chanté ta chanson ! dit Henri, exalté.

– Et alors ?... Sers-moi plutôt un autre whisky, va.

Henri se prit le visage entre les mains, aussi dépité que si son équipe venait de rater un penalty en finale de Coupe du monde.

– Et alors, il en a de bonnes… Et alors c'est un avion de chasse, mon poulet !

Gaspard haussa les épaules en souriant.

– Plus pour moi tout ça. Je suis immunisé je te dis !

Henri connaissait sa tirade par cœur. Pour couper court, il servit à Gaspard un autre Talisker, son whisky préféré. Un genre de feu liquide qui vous transforme en dragon inversé.

Autour, l'assemblée était hypnotisée par la créature. Le zazou souriait, béat, avec des morceaux de fleurs coincés entre les dents.

5

« L'ingrédient magique, c'est l'amour. Car il permet la cristallisation du rêve. Saupoudrez le tout d'une pincée de surprise, et votre vie aura un goût exquis ! » disait Sylvia.

Gaspard était privé de cet ingrédient depuis que celle qu'il croyait être la femme de sa vie l'avait quitté. Carolina. « La Carolina », comme l'appelait son père. Le désamour l'avait traumatisé. Au point de devenir allergique à l'amour. Et de s'en méfier comme d'un virus mortel. Soir après soir, il violentait sa guitare folk et respirait son harmonica tel un asthmatique sa Ventoline. Il n'avait pas d'autre choix que de chanter son blues. Jouer à l'alchimiste, transformer le plomb de sa tristesse. Pas en or, mais peut-être en un matériau plus léger ?

Sur scène, il traitait le mal par le bien en donnant l'amour qu'il ne recevait plus. Il avait besoin de toucher physiquement son public, de chuchoter puis de hurler. Danser, se contorsionner et, toujours, se surprendre.

Redevenir lui-même, le temps d'une chanson. Cette sensation de liberté l'électrisait. Son cœur fonctionnait comme une dynamo, l'adrénaline faisait éclore les étoiles au milieu de la nuit. Chaque soir, Gaspard se sauvait un peu en mettant du vent dans les voiles du Flowerburger.

Henri aussi tentait de se remettre d'un accident d'amour. Mais lui soignait le mal par le mal. Envoi de poèmes érotiques par pigeon voyageur, escalade d'immeubles pour apparaître sur un balcon et autres surprises raffinées.

Il séduisait et était devenu expert en badinage artistique. Il lui arrivait même de cacher un quatuor de violonistes dans la cage d'escalier de son appartement. Quand il rentrait bredouille, Henri payait quand même les musiciens. Il se ruinait avec ces mises en scène mais c'était son carburant.

Avant sa grande histoire, Gaspard était encore pire qu'Henri. Il écrivait des chansons comme d'autres envoient des textos. Il les enregistrait dans le voice-o-graph et déposait le vinyle à exemplaire unique devant la porte de ses dulcinées. Gaspard croyait les aimer toutes. D'une certaine manière, il les aimait toutes. Il arrivait que la nuit il livre quatre endroits différents. Toujours en rollers, même sous la pluie. Il s'était spécialisé dans la descente en rappel de conduits de cheminée. Jusqu'à ce qu'il dérape et se casse la cheville dans un feu. C'était chez l'ex-femme de sa vie. Il travaillait à la séduire depuis plusieurs semaines avant qu'il ne s'écroule dans son salon. Elle l'emmena aux urgences, pansa ses blessures et ils tombèrent amoureux avant qu'on lui ait retiré son plâtre.

Sept ans durant, Gaspard ne vit qu'elle. Feu d'artifice monophonique. Son passé de contrebandier lui donnait l'impression de ne plus être la même personne. Il n'avait jamais été aussi profondément heureux. Un socle se formait en lui, son énergie créative tournait à plein. Gaspard écrivait secrètement un conte pour l'enfant qu'ils auraient peut-être. Lui, le truand de l'amour incapable de se projeter plus loin que le lendemain, laissait le désir de paternité l'envahir… Le choc de la rupture n'en fut que plus terrible.

Camille déposa la maigre recette du jour devant Gaspard, le tirant de son tête-à-tête avec son whisky.

– On dirait l'intérieur de ma tirelire quand j'avais quatre ans !

– C'est exactement l'intérieur de ta tirelire sauf que tu as quarante ans, mon fils ! répondit son père.

– C'était une poule en porcelaine… J'aimais beaucoup cette poule. Je l'ai gardée d'ailleurs…

– Le contraire m'aurait étonné, le jour où tu jetteras quelque chose !

Gaspard détestait être infantilisé. Son père confondait capacité d'émerveillement et comportement enfantin. Camille prenait ce raccourci en se pensant plus responsable et réaliste que son rêveur de fils. Pour nier le passage du temps, il réagissait comme si son fils de quarante ans était encore adolescent.

– Bon…, dit-il en se grattant l'arrière du crâne.

Gaspard savait que lorsque son père disait « Bon… » en se grattant l'arrière du crâne, il allait être question de l'avenir du Flowerburger.

– J'ai reçu une proposition ce matin.

– Une proposition de quoi ?

– Une chaîne de restaurants… Ils veulent nous racheter la péniche.

Gaspard posa son verre et fixa son père.

– Tu sais qu'il y a des fantômes ici…, dit-il en plissant légèrement les yeux.

Il passait sans arrêt du premier au second degré, ce qui déstabilisait son père. Gaspard pointa les tableaux qui surplombaient le bar. Tout en haut, l'impressionnant portrait de sa grand-mère Sylvia et celui de sa mère Élise, morte en couches le jour de sa naissance. Son air de Joconde donnait l'impression qu'elle écoutait la conversation.

À côté, Henri déployait des trésors d'ingéniosité pour attirer l'attention de la pin-up. D'un tour de main, il fit apparaître un canari rouge derrière son chignon.

– Tu veux dire des souvenirs, dit Camille.

– Fantômes, souvenirs, fantômes de souvenirs, c'est la même chose.

– Gaspard… On ne peut pas tout garder. Les Barberettes, le fleuriste pour les burgers, on s'en sort plus !

Henri essayait de rattraper l'oiseau qui voletait au-dessus du comptoir alors que la pin-up écoutait d'une oreille distraite la discussion entre Gaspard et son père.

– Et ce vieux truc, là ! C'est plus possible ! s'emporta Camille en désignant le voice-o-graph.

– Si ! Tout à fait possible.

– Plus personne n'utilise cette antiquité…

– Moi, je l'utilise !

– Alors prends-le chez toi, je t'aide à le monter si tu veux, proposa Camille d'un ton conciliant.

– Sa place est ici ! Sylvia l'a fabriqué avec les moyens du bord, il reste à bord !

Tout l'esprit du Flowerburger était condensé dans cette cabine-cabane. Sylvia Snow l'avait fabriquée pour permettre aux résistants qu'elle abritait d'enregistrer des messages secrets. Sylvia l'appelait l'« auto-confessionnal ». Elle avait gardé tous les vinyles enregistrés depuis les années 40. Chansons, messages d'amour, poèmes, tout était là. Soigneusement référencés par nom et par date. Il arrivait que des gens reviennent chercher un disque enregistré trente ans plus tôt. Parfois, c'était les enfants qui retrouvaient la trace d'un parent. C'était une grande fierté pour Sylvia. « Chacun ses pèlerinages, ses façons de soigner l'oubli », disait-elle. Pour Gaspard, il était hors de question de bouger le voice-o-graph d'un millimètre !

Camille y avait lui aussi enregistré dans sa jeunesse. Enregistré, embrassé, mangé toutes sortes de gâteaux et beaucoup ri. Ses souvenirs existaient toujours quelque part dans sa mémoire, mais il refusait de se confronter à son passé. Pour lui, le voice-o-graph s'apparentait à un monument aux morts. Qui voudrait d'une tombe dans son salon ? Le bateau en entier lui faisait l'effet d'un cimetière.

Camille savait le mal qu'il ferait à son fils en sacrifiant la péniche. Mais tout au fond de lui, cette perspective le soulageait.

Il se leva avec ses faux airs d'Atlas fatigué.

– Et… Tu ne rentres pas en patins à roulettes, j'espère ?

– Non, non…

– Je te connais comme si je t'avais fait, mon fils ! Alors, ne t'approche pas du fleuve de nuit, c'est très dangereux ces temps-ci.

Camille disparut dans l'escalier, comme aspiré par sa propre mélancolie.

La péniche se vida peu à peu, Henri suivit Jessica Rabbit en fredonnant « Why Don't You Do Right ?[1] ».

---

1. La chanson interprétée par Jessica Rabbit dans le film *Qui veut la peau de Roger Rabbit* de Robert Zemeckis.

Les Barberettes proposèrent à Gaspard de le raccompagner, mais il déclina. Il aimait se retrouver seul dans la cale. Il se blottissait dans le silence, et les souvenirs remontaient. Gaspard resta planté au milieu du décor comme s'il en faisait partie.

Mais ce soir, les objets qui le réconfortaient d'habitude lui donnaient le vertige. Les bons souvenirs plus encore que les mauvais. Regarder le portrait de Sylvia lui provoquait des palpitations.

Il déambula le long du comptoir. Les lustres se balançaient doucement. Le vent mugissait contre la coque, on aurait dit que le bateau respirait par à-coups.

Sa main effleura les livres anciens sous le bar. Gaspard revit sa grand-mère lui en lire des passages. Son passé lui sautait à la gorge.

Et si Camille avait raison ?

Et s'il larguait les amarres ?

Tout recommencer. Réinventer sa vie, ailleurs. Devenir quelqu'un d'autre. Brûler le passé.

Apprendre une autre langue, oublier. S'oublier. Faire sauter la banquise !

Laisser tout repousser en lui, rouvrir le champ des possibles, le cultiver ! Jeter une volée de graines d'un autre lui-même dans les nuages.

Ensemencer ! Ensemencer ! Ensemencer !

Disparaître.

Changer de nom.

Repartir pour un tour (de magie), et ne jamais revenir !

Mais Gaspard ne pouvait pas disparaître, d'ailleurs il ne le voulait pas vraiment. Tout ce qui l'animait encore était en lien avec ses racines. S'il les coupait, il se tuait. Il vivait pour sa famille, fût-elle une famille de fantômes. Son père ne comprenait pas pourquoi il désirait si fort que les morts soient fiers de lui.

Certains vivent mieux en compagnie des animaux qu'avec des humains, d'autres se sentent mieux isolés au milieu d'une forêt. Le truc de Gaspard, c'étaient les fantômes. Ou les « souvenirs », comme préférait les appeler son père. Au Mexique, on raconte que lorsqu'on oublie un mort, il meurt une deuxième fois. « Je lave et repasse les draps des fantômes du Flowerburger pour que, s'ils décidaient d'apparaître, ils soient impeccables. Je prends soin de mes souvenirs, voilà », avait-il expliqué entre deux chansons ce soir.

Le bateau tanguait plus qu'à l'accoutumée. Les remous fouettaient la coque, l'écume explosait contre les hublots. Les lampions se transformaient en balanciers de pendule. Des paquets de brume s'encastraient dans le pont. L'étrave creusait des tourbillons alors que le bateau était immobile. On aurait dit une tempête au ralenti.

Gaspard n'avait bu que deux whiskys mais il entendait taper sous la proue. « Boum ! Boum ! Boum ! » Il jeta un regard par le hublot. Rien, si ce n'est la nuit, à bout portant.

« Boum… Boum ! Boum ! »

Gaspard monta les marches de l'escalier qui menait au pont en accéléré. Rien si ce n'est la pluie, à bout portant. Des éclairs silencieux appuyaient sur l'interrupteur « jour » en pleine nuit.

Le son se rapprochait. « BOUM ! BOUM ! BOUM ! BOUM ! BOUM ! »

La mélodie de cristal résonna de nouveau. Il ne l'avait jamais entendue d'aussi près. Une lueur argentée apparut et disparut en surface. Comme si le phare de la tour Eiffel était pointé sur le Flowerburger. Quelque chose grinçait sous la coque. Grattait. S'arrêtait. Grattait. Recommençait.

Et tout à coup, silence intégral.

6

Gaspard n'était pas le seul à entendre cette mélodie lancinante. Devant le Flowerburger, le zazou semblait aussi désorienté qu'un zombie sortant de sa tombe. Il zigzaguait le long du quai, se rapprochant dangereusement du fleuve. Plus le volume de la mélodie augmentait, plus il accélérait le pas. Il tituba vers la zone immergée du ponton. Puis avança dans l'eau, tout habillé et en pleine nuit. Ses deux mains agrippèrent sa poitrine. En une poignée de secondes, la Seine l'avait aspiré.

Sans savoir ce qui venait de se passer quelques mètres plus bas, Gaspard se résolut à quitter la péniche. Il aurait préféré dormir dans le hamac sur le pont, mais il devait nourrir le chat. Il récupéra ses vieux patins en cuir derrière le comptoir. Rentrer chez lui en rollers lui permettait de décompresser. Patiner, c'était flâner en accéléré. Ce soir, Paris s'était déguisé en Londres.

Une écharpe de fog étouffait les étoiles et la Seine enflait encore sous un spray de pluie.

L'étrange tintement reprit lorsque Gaspard traversa la lande de brume où le zazou s'était perdu. Cette mélodie venue du fleuve semblait le suivre. Il la fredonnait sans s'en rendre compte, en glissant le long des quais.

Un camion-ambulance le frôla alors qu'il se croyait seul au monde dans ce Paris endormi. Il traversa la rue du Petit-Pont pour arriver rue de la Bûcherie, près de Notre-Dame. La sirène du camion résonnait au loin lorsqu'il composa le code d'entrée de son immeuble. L'ascenseur, un ancien monte-charge, permettait de voir à travers les étages. Gaspard les regarda défiler en sifflotant l'étrange mélodie.

Arrivé au troisième, il souleva le paillasson pour y récupérer sa clé. Il l'avait perdue tant de fois qu'il préférait la laisser là. Les soirs de concert, la scène l'aspirait si fort que Gaspard éprouvait certaines difficultés à retourner dans le monde réel. Il oubliait toujours quelque chose au Flowerburger, téléphone, carte bleue... L'adrénaline du concert faisait effet environ deux heures après la dernière chanson. Ensuite la fatigue le rattrapait. Là, Gaspard n'avait qu'une envie : son lit.

Derrière la porte, les miaulements de son chat se firent entendre. Il s'était offert cette peluche vivante quand sa femme l'avait quitté. Une panthère domestique pour remplacer une tigresse sauvage. Le chat dormait à la place de

Carolina, il se faufilait sous la couette exactement comme elle. Mais s'il arrivait que sa femme ronfle aussi joliment qu'un chat ronronne, il était plus rare qu'elle vomisse des boules de poils sur l'oreiller. En hommage à son chanteur préféré, il l'avait appelé Johnny Cash.

Gaspard glissa discrètement la clé dans la serrure car il savait que sa voisine pouvait surgir à tout moment et l'entraîner dans d'interminables discussions philosophiques sur à peu près tout.

– Vous rentrez tard, monsieur Gaspard…

Il se retourna et découvrit l'incontournable Rossy. Elle ressemblait à un tableau de Picasso, mais vivant. Nuisette en satin et bigoudis, maquillée à toute heure du jour et de la nuit.

– Rossy ! Vous m'avez fait peur…

– C'est pas très gentil de dire ça, monsieur Gaspard.

– Pardon, je voulais dire que vous m'aviez surpris !

Gaspard essayait d'être aimable tout en faisant en sorte de rentrer chez lui.

Rossy le fixa soudain avec cet air de vieille copine confidente.

– Alors ? La pêche a été bonne ?

– Bonne nuit, Rossy.

– Monsieur Gaspard, vous allez pas finir tout seul comme moi quand même… Attendez !

La voisine sortit un Kinder surprise de sa poche, qu'elle lui tendit malicieusement.

– Merci, Rossy, mais il faut arrêter de m'offrir un Kinder chaque fois que je rentre seul, d'accord ?

– Oui oui !

Mais elle restait plantée là, avec son regard si bienveillant qu'il en devenait gênant.

– Bonne nuit, Rossy ! dit-il en refermant la porte.

– Bonne nuit, monsieur Gaspard.

Johnny Cash l'accueillit avec sa voix d'oiseau malade. On ne comprenait rien à ce qu'il miaulait. Sauf quand c'était devant sa gamelle vide. Son pelage était noir comme le costume qu'arborait le chanteur en toutes circonstances. Ses petits yeux jaunes lui donnaient de faux airs de chouette effraie.

L'appartement de Gaspard était un ancien nid. Un amour terrifiant de bonheur y avait couvé. Depuis la rupture, le studio avait subi une sorte de mutation. Des buissons de disques vinyles côtoyaient une tour de Pise de livres. Les ukulélés, guitares et mandolines étaient suspendus au plafond. Un piano à queue miniature, une grosse guitare et un train électrique jonchaient le salon-jungle qui faisait aussi office de cuisine et studio d'enregistrement. Chaque nuit Gaspard manquait de se tuer en glissant sur une locomotive ou un skateboard pour aller pisser. Il amassait les objets comme les souvenirs. Compulsivement. Au fil des années, son chez-lui s'était transformé en atelier low-cost du père Noël.

Gaspard jeta son corps fatigué sur une chaise et délaça ses rollers. Puis il ouvrit le Kinder de Rossy. Le nombre de surprises installées sur l'étagère au-dessus de l'évier permettait de mesurer son temps de célibat. D'une certaine manière, cet appartement fonctionnait comme une annexe du Flowerburger avec son juke-box rempli de chanteurs morts et autres machines à pop-corn vintage. Sauf que, dans ce mausolée-là, Gaspard devait affronter le fantôme d'une vivante.

Il se souvenait très bien du jour où Carolina l'avait quitté, lui donnant une lettre écrite par un psychologue. Les yeux dans ses yeux, il lui avait répété : « Tu me brises le cœur. » Deux fois. Elle reniflait, souffrait dans son coin, mais ne répondit jamais vraiment. Quelque chose s'était cassé en lui ce jour-là. Son monde s'était écroulé.

La zone transitoire entre la joie et la mélancolie n'existait pas chez Gaspard. Il prenait tout à cœur tout le temps. On dit des étourdis qu'ils sont dans la lune, mais lui se perdait parfois dans les glaces de Pluton. Depuis sa rupture, il y passait des séjours toujours plus longs.

Gaspard enfila le tee-shirt Johnny Cash qui lui servait de pyjama. Comme tous les soirs, il s'installa dans son lit avec le chat à la place de Carolina. Sa tête et ses pattes dépassaient de la couette. Une photo encadrée du couple en train de chanter sur scène trônait sur une étagère, relique d'un temps révolu.

Pour trouver le sommeil, Gaspard feuilleta l'exemplaire unique du *Livre secret des Surprisiers* que lui avait confié sa grand-mère. « Un jour tu liras ce livre et surtout, c'est le plus important, tu continueras à l'écrire », lui avait-elle glissé avant de mourir.

Certaines pages s'ouvraient en pop-up. Les grands monuments parisiens surgissaient en origamis peints à la main, un Flowerburger miniature se dressait sur les quais et le chêne que Sylvia y avait planté le jour de sa naissance poussait à même le papier. Même s'il connaissait le truc, Gaspard s'en émerveillait à chaque fois. Comme une scène de film que l'on connaît par cœur mais dont on ne se lasse pas : doubles pages avec messages secrets à lire en transparence, cartes au trésor, anciens tickets de train glissés dans des pochettes prévues à cet effet, chaque page de ce livre réservait une nouvelle surprise. Gaspard finit par s'endormir avec le livre entre les mains. Johnny Cash le regardait avec ses grands yeux jaunes assortis à son collier.

Le jour entra dans la nuit telle une goutte de lait dans un café noir. Gaspard était un spécialiste du sommeil agité, il rêvait si intensément que parfois ça le réveillait.

Et cette mélodie qui continuait de le hanter ! Il se leva pour la jouer sur son petit piano rouge. Encore une fois, il faillit se tuer en posant le pied sur un patin à roulettes. Johnny Cash détala sous le canapé en miaulant un truc incompréhensible. La routine.

Gaspard s'installa devant son clavier, si petit qu'en comparaison lui paraissait gigantesque. Il tâtonnait entre les touches pour reproduire la mélodie.

– Tu trouves ça comment, toi ? dit-il en s'adressant à Johnny Cash.

Il lui parlait souvent comme s'il était un être humain et faisait mine d'interpréter ses réponses. Ils se disputaient parfois.

Le chat s'approcha avec sa démarche de panthère miniature, se dressa sur le bout de ses pattes toutes griffes dehors et lui souffla agressivement dessus avant de filer sous le canapé.

– Merci pour les encouragements !

Gaspard continua d'affiner son arrangement tout en fredonnant la mélodie. Le chat miaulait plus faux que Florence Foster Jenkins[1]. Le vrai Johnny Cash devait se retourner dans sa tombe. Ce qui serait néanmoins une

1. Florence Foster Jenkins était sans doute la plus mauvaise cantatrice jamais recensée. Elle chantait faux et pas en rythme mais rencontra un certain succès. Son passage sur la scène du Flowerburger lui avait valu le titre de Surprisière. Elle enregistra une version fabuleusement approximative des *Noces de Figaro* de Mozart dans le voice-o-graph.

bonne nouvelle, car cela signifierait que peut-être, tel un vampire de la country, il s'apprêterait à revenir.

Quelqu'un frappa à la porte. Hypnotisé par sa propre mélopée, Gaspard n'y prêta qu'une attention lointaine. Le chat, lui, avait entendu.

– Monsieur Gaspard Snow ?

Gaspard finit par quitter son tout petit piano et aller ouvrir. Deux livreurs l'attendaient et, entre eux, le voice-o-graph ! Ils portaient la vieille machine comme un cercueil et manquaient de la faire tomber toutes les dix secondes. On aurait dit des croque-morts en survêtement. Ils avaient l'air fabuleusement cons, alors que peut-être ils ne l'étaient pas. Les fantômes du voice-o-graph devaient en avoir la nausée. Gaspard se sentait comme le petit-fils de Gustave Eiffel à qui deux géants débiles viendraient rendre la tour parce qu'elle prenait trop de place sur le Trocadéro.

Gaspard signa les papiers sous le regard de Johnny Cash qui lui rêvait à un arc de triomphe de croquettes. Avec le voice-o-graph au milieu du salon, son appartement ressemblait davantage encore à une boutique de souvenirs.

Sa colère monta aussi vite que la mousse d'une bouteille d'eau gazeuse tombée au sol. Gaspard avait une tolérance extrêmement réduite à l'injustice. Fracasser n'importe quel objet lui aurait été d'un grand secours, mais il était entouré de souvenirs auxquels il tenait trop pour se venger sur eux. Il chaussa ses rollers et son costume de scène comme on enfile une tenue de combat. Cap sur le Flowerburger !

Gaspard traversa le petit matin avec la rage au ventre, au cœur, partout. Il manqua de se faire renverser par un bus en grillant un feu rouge. Sa colère le propulsait. Une transe mélancolique l'envahissait. Lorsqu'il atteignit le quai où était amarrée la péniche, son cœur se serra encore.

7

Installé au comptoir du Flowerburger, Camille buvait un café en lisant le journal à voix haute.

– « Crue de la Seine, un mort quai de Montebello et plusieurs personnes portées disparues… » Déjà qu'on n'a plus grand monde, si les gens meurent avant d'arriver en plus !

Henri débarqua dans la coque, les bras chargés de fleurs à burger.

– Hello, Camille ! dit-il en lui claquant deux bises.

– Tu as vu les rats sur le ponton ? Gros comme des chats ! répondit Camille.

– Nan… c'est des chats. Avec des déguisements de rat extrêmement réalistes, mais c'est des chats, faut pas s'inquiéter ! lui répondit Henri dans un éclat de rire.

Sur la petite scène, les Barberettes réglaient le son du micro en harmonisant une mélodie rappelant celle qui venait du fleuve. Le grincement du parquet donnait la mesure, le clapotis de l'eau la tonalité.

– Qu'est-ce que c'est déjà cet air ? dit Camille. Il me rappelle quelque chose.

– Je me demande si c'est pas ça qui attire les rats ! plaisanta Henri.

Les Barberettes continuèrent à développer l'harmonie en souriant.

– J'ai un acheteur qui doit visiter le bateau cet après-midi, si vous pouviez jouer quelque chose de plus entraînant, ça m'arrangerait ! Vous connaissez « Singin' in the Rain » ?

Les Barbettes s'interrompirent, avant de reprendre « Chantons sous la pluie » avec leurs voix de dessin animé.

Gaspard apparut en haut de l'escalier, patins à roulettes sur l'épaule et guitare en bandoulière.

– Pourquoi tu me fais ça ? tonna-t-il.

– Pour te rendre service. Toi, tu récupères le voice-o-graph, et moi, je rends cette ruine de péniche présentable pour enfin la vendre ! Je te connais comme si je t'avais fait. D'ailleurs je t'ai fait, petit ! Même si tu ne t'en rends pas compte, il faut que tu prennes le large, que tu largues les amarres et fasses table rase de ce passé qui t'étouffe…

– Sylvia n'aurait jamais vendu le Flowerburger. Elle l'a maintenu à flot même en pleine guerre et toi, tu vends comme ça, tranquille !

– Ta grand-mère n'est plus de ce monde, Gaspard… C'est dur, je sais, mais il va falloir t'y faire…

– Elle se serait battue. Elle aurait fait preuve d'inventivité, de courage… Elle aurait tenté quelque chose. Elle avait du panache ! Où est passé ton panache ?

Père et fils se toisèrent, mesurant du regard la distance qui séparait les deux camps. Ils s'aimaient et souffraient du même manque, mais pour Gaspard, son père venait de passer à l'ennemi.

Gaspard déposa sa guitare contre le bar avant de s'engouffrer dans la cage d'escalier en bois.

– Tu vas où comme ça ?

– M'acheter des livres, ça va me calmer. C'est ça ou je pète un truc !

– Un câble ? demanda Camille, provocateur.

– Plusieurs câbles ! Plein de câbles ! maugréa Gaspard, tendu comme un arc.

– Qu'est-ce que tu crois ? Que je m'en fous de tout ça ? Des souvenirs… J'en ai plus que toi ici !

Les Barberettes, qui ne comprenaient pas bien le français, souriaient en buvant leur café. Quand Gaspard disparut dans l'escalier, l'une d'elles lui envoya un bisou avec la main. Henri n'osait pas déballer ses fleurs sur le comptoir, il restait planté devant le bar, les bras remplis de bouquets. Camille secoua la tête de dépit.

8

Lendemain de crue, lendemain de cuite. Plongé dans ses égouts qui débordaient de rats, Paris avait la gueule de bois. La Seine vomissait une boue marronnasse de fonte des neiges. Il était temps de remballer les arcs-en-ciel, la décrue venait de commencer.

Çà et là gisaient de nouveaux objets piégés par le retrait de la grande marée fluviale : un aspirateur aux faux airs de R2D2, un caddie de supermarché, un ballon de football « Euro 2016 » et un énorme poisson-chat ne portant pas aussi bien la moustache que Jean Rochefort. Malgré les recommandations dues aux nombreuses disparitions en bord de fleuve, les gens s'approchaient toujours plus près, prenaient des photos d'eux devant les poissons géants échoués.

Paris s'était endormi sans se démaquiller. Il lui restait quelques étoiles au bout des branches. Sous le crâne de Gaspard, en revanche, il neigeait. Des idées plus noires que la nuit s'y promenaient. Lui, le vieil enfant à barbe avec le cœur à la place du cerveau. Où allait-il bien pouvoir se cacher si le Flowerburger était vendu ?

Glisser le long des quais estompait doucement sa colère. Elle se changeait en mélancolie. C'était une sensation moins acide mais plus collante, il n'était plus trop sûr de vouloir s'en débarrasser. L'accident d'amour l'avait rendu gravement malade. Une maladie de vivant-mort : le burn-out. Il résistait, tenait en respect ses cohortes de démons. Burn-in ! Mais sans la béquille magique que représentait le bateau, tout s'écroulerait à nouveau.

Un bruit d'explosion ramena Gaspard à ce qui se passait autour de lui. Un lampadaire venait de griller. Les autres chantaient comme des cigales électriques avant de s'éteindre à leur tour. Le bruit du vent se fit musical…

Gaspard reconnut immédiatement la mélodie qui le hantait depuis la veille. Ça venait du pont. Sous le pont. Comme aimanté par le son, Gaspard s'approcha. Était-ce une scie musicale ? Un très vieux violon ? Le volume augmentait, il ne l'avait jamais entendu aussi distinctement.

Il s'approcha encore. Une lumière bleutée palpitait sous la travée. Le son sortait de cette étincelle, de ce feu miniature. « Qu'est-ce que c'est que ce truc ? » pensa-t-il tout haut.

Gaspard s'agenouilla au bord du fleuve pour observer de plus près. Le flamboiement se déployait entre les remous et les pavés. Le foyer lumineux semblait solide, comme un très gros bijou.

C'était une sorte de poisson ! Plus imposant encore que le poisson-chat aux faux airs de Jean Rochefort. Une belle pièce ! Si c'était un silure, il n'en avait jamais vu d'aussi élégant. Des écailles légèrement irisées, qui faisaient penser à l'intérieur d'un flocon de neige. Une longue queue de poisson sertie de diamants bleus, qui semblait découpée à même la lune.

Le regard de Gaspard remonta le long de la nageoire. Au bout d'un moment, les écailles laissaient place à une peau d'albâtre. De blanches hanches surplombées par une poitrine de conte de fées : deux îlots gorgés de lumière lunaire.

Ce n'était définitivement pas complètement un poisson ni complètement une fille, mais c'était formidablement beau. Ou belle.

Il ne savait pas à quoi il avait affaire ni qu'en faire, mais il comprenait que c'était extraordinaire. Ce mot rebondissait sur les parois du crâne de Gaspard. Extraordinaire !

De ses lèvres s'échappait un filet de mélodie… *La* mélodie !

Les flèches de questions qui l'assaillaient étaient si nombreuses et rapides qu'il ne parvenait à répondre à aucune. Était-ce une créature de cristal ? De quoi étaient faites ses cordes vocales pour produire un tel son ? Ses paupières closes se prolongeaient par de longs cils argentés. L'œuvre d'un souffleur de verre ? D'un maquilleur d'étoiles ? Une crinière d'or poudré tombait en cascade sur ses minuscules épaules. Elle grelottait.

Gaspard était pétrifié de stupéfaction. Son cerveau luttait mais ne parvenait pas à intégrer l'image projetée sur ses rétines. Des jambes serties d'écailles-diamants qui ne faisaient qu'une. Pas de genoux, mais au bout une nageoire. Presque translucide tellement elle était fine. Gaspard avait peur de la casser rien qu'en la regardant.

Reprendre ses esprits. Se calmer. Réfléchir. Cela l'apaisait de ne pas regarder la créature plusieurs secondes d'affilée. Son regard se perdit à l'horizon. Il faisait le tri entre les idées-fusées qui explosaient sous son crâne. D'où sortait-elle ? S'était-elle déguisée en sirène pour un pari qui aurait mal tourné ? Était-ce une blague d'Henri ? Avait-elle tenté de se suicider ?

Gaspard se résolut à vérifier l'étoffe. Il approcha doucement la main de la nageoire, avec l'appréhension de celui qui va caresser un tigre. Sa texture avait la douceur incongrue d'un velours humide. Proche du souvenir qu'il avait du contact avec la peau d'un dauphin.

Plus son cerveau compilait les explications rationnelles, plus sa voix intérieure lui soufflait autre chose. Une chose inexplicable.

Il s'approcha encore.

À la taille, les écailles se transformaient progressivement en peau humaine. Il n'y avait pas de délimitation, de ceinture. On les voyait encore en transparence sous la peau qui prenait le relais avant de disparaître complètement au niveau de la poitrine. L'idée d'un déguisement ne parvenait pas à le rassurer. C'était beaucoup trop bien fait.

Ce poisson-fille était si beau que, même les yeux fermés, Gaspard ne parvenait pas à soutenir son regard. Sa bouche, un pare-chocs d'autotamponneuse en porcelaine. Pas sûr qu'elle puisse manger avec un truc pareil, mais embrasser oui par contre ! Ses seins le faisaient penser à deux belles panna cotta vanille dodelinant dans une assiette, ses fesses à un lustre d'hôtel de luxe. Une sirène.

Ça n'existe pas les sirènes. Gaspard était expert en rêverie. Il pouvait imaginer toutes sortes de choses. Mais là, c'était la réalité. Il n'avait bu que du thé à la menthe, et à part un Doliprane et de la vitamine C, il n'avait consommé aucune drogue. Et se frotter les yeux ne changeait rien à ce qu'il continuait de voir…

Le poisson-fille ne chantait plus. Gaspard l'entendait respirer, son souffle était de plus en plus court. En l'observant de plus près, il aperçut une large entaille, au bas de sa queue écaillée. Ce qui semblait être du sang était bleu… un sang d'encre qui faisait froid dans le dos.

Gaspard retira sa veste de costume et la déposa sur la créature en guise de couverture. Il eut le réflexe de prendre son pouls à son poignet. Rien. Puis autour du cou. Rien. Maladroit et embarrassé, il colla son oreille contre sa poitrine. Un son de cœur se fit entendre, presque un bruit de bulles.

La créature avait une mine de cadavre. Joli cadavre certes, mais cadavre tout de même ! Que devait-il en faire ? La ramener à la péniche pour tenter de la ranimer avant de la relâcher ? L'emmener chez lui ? Il risquait de croiser sa voisine, qui lui poserait plus de questions qu'un inspecteur de police. Et si elle lui claquait dans les doigts ? Que ferait-il du corps ? Comment justifier sa bonne foi ?

Gaspard se concentrait pour prendre la décision la plus raisonnable. En dépit de son étrangeté manifeste, cette créature avait besoin d'être vue par un médecin. Ou un vétérinaire. Ou les deux ? En même temps peut-être !

Il décida de la conduire aux urgences. Sauf qu'il n'avait pas le permis et qu'il se voyait mal traverser la ville en rollers avec un poisson-fille à moitié nu dans les bras.

Gaspard eut toutes les peines du monde à faire enfiler sa veste à la créature inanimée. Avec ces manches trop grandes, elle avait l'air d'un épouvantail, mais joli. Il souleva ses fesses de poisson le plus délicatement possible. Une main sous les cuisses, l'autre au milieu du dos. Un putain de prince charmant avec une belle au bain dormant. Dans quelle galère s'était-il embarqué ?

Monter des escaliers glissants en rollers avec un poisson-fille dans les bras était plus agréable que le parcours du combattant mais tout aussi ardu. Ce devait être fragile, une fille de cristal ! S'il la faisait tomber, elle se casserait peut-être en mille morceaux.

Gaspard finit par la charger sur son épaule comme un vieux sac de pommes de terre. Avec la nageoire devant les yeux, Gaspard avançait plus ou moins à l'aveugle. Son pied ripa contre le trottoir et il faillit renverser la créature sur la route. Il l'installa sur un banc pour héler un taxi. Puis un deuxième et un troisième encore. Aucun ne daignait s'arrêter. Ils ralentissaient puis, dès qu'ils apercevaient la demoiselle vautrée sur le banc, ils accéléraient. Il faut reconnaître qu'elle avait une dégaine des plus improbables, avec sa veste d'homme et la queue de sirène étincelante qui en sortait. « Je prends pas la viande saoule », lui avait gentiment expliqué un chauffeur avant de démarrer en trombe.

Gaspard essaya de commander un taxi avec son

smartphone, mais pas de voiture disponible avant quinze minutes. Quant au SAMU, ils étaient encore plus débordés que la Seine.

Un type bourré marchant comme un zombie de « Thriller » pila devant le banc et se mit à parler au poisson-fille. Il disait des trucs. Impossible de savoir quoi. La langue du trop d'alcool. Gaspard fit dégager le revenant disco qui amoindrissait encore ses chances de trouver un taxi.

La créature s'anima un peu, respirant par saccades. Ses paupières restaient fermées. Elle était secouée de spasmes. Gaspard vérifia son pouls, qu'il avait fini par trouver. Il pulsait très faiblement et son rythme était irrégulier.

Enfin, un véhicule rouillé accélérant par à-coups s'arrêta devant eux. C'était un vieux tuk-tuk à trois roues couvert d'autocollants. Le chauffeur, un Indien hors d'âge à moustache de Dalí, l'apostropha :

– *Ik… siiii ? Okopac ?*

Lui n'était pas saoul, mais on le comprenait encore moins que le zombie.

– Bonsoir… Excusez-moi, monsieur… Pouvez-vous nous emmener aux urgences les plus proches ?

Le chauffeur de tuk-tuk sourit en observant la créature. Ce n'était pas une dentition qu'il avait mais une bijouterie. Une très vieille bijouterie.

– Urgences ! Malade ! *Sick ! Very sick !*

Moue d'incompréhension totale.

– *Me Hindou. Not Sikh. Hindou ! Hindou !*

Le regard du chauffeur ne quittait plus l'étrange jeune femme. Il descendit pour l'observer de plus près.

– Monsieur ! Monsieur ? Eh… Elle est pas bien, là, il faut qu'on l'emmène à l'hôpital, hôpital vous comprenez ? Oui ?

Le chauffeur ne l'entendait plus.

Dans l'urgence, Gaspard enleva ses rollers et les déposa dans les bras du chauffeur. Il installa ce qui ressemblait fort à une sirène sur la banquette arrière de l'engin et démarra en trombe, petite trombe mais quand même. Le chauffeur courait derrière eux, les patins tendus vers le ciel, en criant « *Iki-oukou-kapak* », et aussi « *Maaafffaaa pakoupakou* ».

La queue de la créature dépassait par la fenêtre. Ça faisait clignotant à l'ancienne, mais pour tourner toujours du même côté. Gaspard jeta un coup d'œil dans le rétroviseur : il avait l'impression de trimballer un morceau de tour Eiffel illuminée !

Au premier feu rouge, le zombie était de retour. Quant au chauffeur, il cavalait comme un dératé pour récupérer son tacot-carrosse.

Le zombie tendit ses bras tout mous vers Gaspard.

– Ooooh… Eeeeh…, dit-il.

Gaspard démarra avant que le feu ne passe au vert et prit un dos-d'âne un peu vite. La sirène décolla du siège dans un bruissement de bracelets, ceux qui s'entrechoquent dans la pénombre amoureuse avec les glissements de tissu. Il n'avait plus entendu ce type de bruit depuis bien longtemps.

Virage à quatre-vingt-dix degrés en dérapage entre la place de la République et la rue du Faubourg-du-Temple ! La sirène était au bord de passer par la fenêtre ! Sa tête dodelinait sur la banquette arrière, sa nageoire se tordait dans le vent. Ses écailles diffractaient la lumière des phares.

Le corps de la sirène était ballotté de virage en virage. Elle ne réagissait pas aux secousses, et ses yeux restaient irrésistiblement fermés. Aux feux rouges, les gens lui faisaient des signes étranges, comme lorsqu'on a un pneu crevé ou le coffre ouvert.

Gaspard ressentit un violent picotement dans le bras gauche mais il n'avait pas le temps de s'en soucier. Un policier en scooter passant à sa hauteur jeta un coup d'œil à la créature écroulée sur la banquette arrière.

– Elle a pas l'air bien, votre copine… Trop bu ?

– Oui, une vraie alcoolo ! Je la ramène chez elle, vous en faites pas !

Gaspard démarra en trombe, se voyant mal expliquer à un policier zélé qu'il conduisait une créature censée ne pas exister et peut-être morte à l'hôpital dans un tuk-tuk volé.

– Ça va derrière ?

9

À l'hôpital, dans la salle de staff, deux femmes urgentistes retiraient blouses, masques et charlottes pour se déguiser en elles-mêmes. La journée avait été difficile, les urgences débordaient de patients en attente. Des malaises cardiaques, pour la plupart. Une éclosion de chignon et un déferlement de crinière plus tard, la métamorphose prenait forme.

Milena peignait avec application une bouche rouge sur sa propre bouche, Alice vérifiait l'efficacité de son battement de cils devant la glace. Ce moment de transition représentait une sorte de rite destiné à reprendre possession de sa propre vie.

– Tu as vu Victor ? J'ai besoin de lui…

– T'as toujours besoin de lui…

– Pas faux !

– Et alors, il t'a demandé ?

– Oui, sur le parking, en imitant Yves Montand.

– Pourquoi Yves Montand ?

– Je sais pas, dès qu'il est content, il imite Yves Montand.

Quelques secondes plus tôt, Alice et Milena étaient deux jumelles enrubannées dans le même sac de pommes de terre. Mais là, elles n'avaient plus rien en commun. Alice était ce petit cheval blond, aussi efficace avec les patients qu'effacé de l'autre côté de la vie. Milena, elle, était un tout autre animal. Sauvage. Elle avait la rousseur des sorcières, et des pierres précieuses brisées à la place des yeux. Son déguisement d'être humain lui allait trop petit. Fée hypocondriaque devenue médecin, Milena mangeait bio mais faisait pousser des arbres à cigarettes dans son jardin. Lorsqu'elle retirait sa blouse, on découvrait son dos tatoué d'un dragon crachant des pétales de rose. Cartographie d'un esprit en surchauffe. « La femme court-circuit », comme l'appelaient ses collègues, pouvait entrer dans des colères épiques et en sortir aussitôt.

Son père, un brillant neurologue, s'était suicidé après être tombé amoureux d'une patiente qu'il n'avait pas réussi à sauver. Elle avait dix ans lorsqu'elle l'avait surpris avec cette femme, onze lorsqu'elle l'avait vu s'administrer une dose mortelle de morphine. La version officielle était une crise cardiaque, mais en vrai c'était son cœur amoureux qui avait explosé. Milena en avait subi les dommages collatéraux. Peur panique de l'abandon, détestation de l'amour. Elle ne faisait aucune confiance aux hommes et encore moins aux femmes, qu'elle jalousait maladivement. Elle préférait quitter que risquer de se faire abandonner. Enfin, jusqu'à ce qu'elle rencontre Victor et ses imitations d'Yves Montand.

Elle le retrouva qui fumait une cigarette devant l'entrée des urgences. Il portait des Crocs assorties à sa blouse couleur sac-poubelle et son masque chirurgical autour du cou, mais était coiffé d'une banane de compétition impeccablement gominée. On aurait dit Serge Gainsbourg jeune avec la coiffure d'Elvis Presley.

– J'ai ouï dire que tu avais besoin de moi ? lança-t-il, joueur, avant de l'embrasser.

Il lui tendit une cigarette qu'elle refusa en laissant échapper un sourire.

– Je ne me sens pas bien du tout.

– Comment ça « pas bien du tout » ?

Le sourire de Milena s'agrandit d'un coup. C'était une autre elle-même lorsqu'elle souriait.

– Nausées, tout ça…

– Waouh, tu crois que ?

– Du calme, c'est peut-être juste le cheesecake de midi qui est mal passé.

Victor posa délicatement sa main contre son ventre.

– Ça… c'est pas un cheesecake, dit-il en jouant à l'expert auto-convaincu.

– Je ferai un test ce soir.

Victor enlaça Milena, puis la souleva d'un coup avant

de la faire glisser sur son dos. Il traversa le parking des urgences en imitant le cheval. Victor imitait particulièrement bien le cheval. Son humeur étant fabuleusement bonne, il ne tarda pas à ajouter un peu d'Yves Montand.

Le téléphone de Milena sonna. D'abord, elle pensa ne pas répondre. Mais elle ne put s'empêcher de décrocher.

– À bicycletteeeeuh ! hennissait Victor.

– Chuuuuuut ! lui répondit Milena en décrochant. Oui ?

– Tu es encore là ?

– Je partais…

– On a un patient dans un état de délire, j'ai jamais vu ça ! On lui a fait alcoolémie et stupéfiants, on n'a rien trouvé. Il est marrant mais il est taré.

– J'arrive, j'arrive…

Milena raccrocha son téléphone en levant les yeux au ciel.

– J'y retourne, ils ne s'en sortent pas

– Je t'attends pas du coup ?

– Si, si ! Comme ça on rentre ensemble…

Le sous-entendu les fit sourire. Ça faisait si longtemps qu'ils essayaient d'avoir un enfant, un trac joyeux les envahit.

Ils rentreraient en voiture, se gareraient et monteraient l'escalier à la hâte. Milena sortirait le test de grossesse comme on débouche une bouteille de champagne. L'acte de création le plus extraordinairement normal du monde était peut-être en cours. Victor pourrait imiter Yves Montand jusqu'au petit matin.

10

Gaspard se gara devant l'entrée des urgences de l'hôpital Saint-Louis. Les lumières des ambulances habillaient d'or bleu la queue qui dépassait du tuk-tuk. La voiturette ressemblait à un coffre au trésor oublié sur un parking de supermarché.

Son téléphone se mit à jouer la sonnerie personnalisée de son père. Gaspard ne se voyait pas lui expliquer qu'il serait en retard à cause d'un poisson-fille à moitié mort trouvé sur les quais. Il coupa son téléphone.

Il réajusta sa veste sur le corps de la créature frissonnante installée sur la banquette arrière. Quelques gouttes de sang bleu perlaient le long de la nageoire. « Je… Je reviens ! Le plus vite possible ! » lui glissa-t-il, de plus en plus inquiet.

Gaspard se lança dans un sprint étonnamment rapide pour quelqu'un qui ne portait pas de chaussures. Si rapide qu'il percuta la porte d'entrée, censée être automatique. Il se recula, la porte s'ouvrit et il finit par entrer d'un pas raide. Depuis l'enfance, il avait développé une forme de maladresse chronique particulièrement sévère. Camille disait qu'il avait été mordu par Pierre Richard et avait contracté la « Pierrerichardite ».

De l'autre côté du parking, Victor observait de loin le manège de Gaspard. Il fronça les sourcils devant l'étrange véhicule et la chose brillante qui dépassait de la fenêtre.

À l'accueil, une secrétaire au regard de lémurien mort reçut Gaspard avec l'entrain d'une employée de Pôle Emploi.

– Oui, c'est pour quoi ?

– Il y a quelqu'un d'inconscient dans le t..., dans ma voiture.

– Depuis combien de temps ?

– Depuis combien de temps quoi ?

– Depuis combien de temps cette personne est-elle inconsciente ?

– Je ne sais pas... Je l'ai trouvée inanimée sur les quais...

– Vous avez sa carte Vitale ?

– Pardon ?

– Sa carte Vitale, vous l'avez, oui ou non ?

– Heu... non, mais par contre, je peux vous laisser la mienne !

Gaspard vida ses poches sur le comptoir. Papiers de bonbons, harmonica, surprises Kinder et même le carnet qu'il trimballait partout, le *Livre secret des Surprisiers*. Il y avait tout sauf une carte Vitale.

Dans la salle d'attente derrière lui, c'était la cour des miracles. Un défilé de zombies en pantoufles. L'un d'eux portait une minerve et s'était ouvert l'arcade sourcilière. Le visage couvert de sang, il mangeait des chips. À côté de lui, une énorme dame en pyjama polaire répétait la même phrase dans une langue qu'elle avait peut-être inventée. Elle se levait, un infirmier la raccompagnait en lui demandant de rester assise, elle se relevait. De temps à autre, un grand sourire traversait son visage.

On appelait des noms, et les gens se dépliaient de leur chaise en grimaçant. Quelques blouses blanches hantaient les lieux.

Sur le parking, la queue de la sirène flottait au vent. Sa blessure s'était aggravée pendant le trajet. Quelques gouttes de sang bleu coulaient sur la portière.

Après avoir allumé une nouvelle cigarette avec la précédente, Victor chaussa ses lunettes et s'approcha du tuk-tuk. La créature gisait sur la banquette, étincelante.

– Mademoiselle, vous m'entendez ?

Il ouvrit la portière et se glissa sur le siège arrière pour l'ausculter.

Refusant de se laisser déstabiliser par le monstre de beauté, Victor se concentra sur les soins qu'il pouvait prodiguer.

Il prit son pouls, qui était extraordinairement lent. Trente battements par minute seulement. Sa température était de dix-sept degrés. L'équivalent d'une morte avec le cœur qui bat. Victor sortit son stéthoscope pour écouter plus précisément les battements de cette femme-diamant. Ça sonnait comme une percussion de cristal. Une mélodie s'en échappait. Il souleva une de ses paupières du bout des doigts, découvrit l'œil ultra-bleu.

– Mademoiselle… Vous m'entendez ?

Victor déployait des trésors de délicatesse pour faire revenir la créature à elle mais rien n'y faisait. Il tapota sa joue glacée. Son visage de porcelaine l'aspira. Ses yeux s'ouvrirent lentement, ils avaient la beauté féroce d'un oiseau de proie. Elle regarda Victor dans les siens, en chantant.

Sa voix se fit plus claire et le volume augmenta. Un vibrato de cantatrice enveloppa le parking.

Victor respira le son, l'inhala note par note. Partout son corps fourmillait. Effluves de volupté, incontrôlable désir de se blottir, de fusionner. Il se sentait chaque seconde un peu plus traversé. Coup de foudre et pluie d'étoiles filantes. Il ne pouvait plus s'empêcher de regarder la bouche de la créature. Tout son esprit était tendu vers une idée fixe : embrasser. Son corps était aimanté, son cœur cognait dans sa poitrine comme si quelqu'un voulait en sortir.

Victor résistait aux flashs érotiques qui lui traversaient l'esprit. Son imagination le surprenait lui-même.

Il sentait qu'il se perdait, qu'il partait. À chaque vibrato, elle l'acculait un peu plus. Son cou se raidissait. Il se mit à fredonner la mélodie à son tour et, tout à coup, fut pris de vertige. Une goutte de sueur froide perla sur son front et son bras gauche devint lourd. Ses jambes se dérobaient. Tout son corps se dérobait. Quelque chose en lui prenait feu. Le système d'alarme physiologique s'était déclenché mais sa conscience flottait au-dessus. La créature susurrait sa mélodie de cristal, sans reprendre sa respiration. Le son tourbillonna jusqu'à ce qu'il le transperce. Sensation de coups de poignard dans la poitrine. Victor s'écroula de tout son long.

*

– Bon… Vous pouvez me donner sa date de naissance ? demanda le lémurien mort sur un ton de porte de Guantánamo.

– Non, mais si on ne se dépêche pas un peu, je peux vous donner celle de sa mort…, répondit Gaspard.

– Ah mais faut pas s'énerver, monsieur… Si vous n'avez pas sa carte Vitale, je peux rien faire, moi !

Le patient avec sa poche de glace sur la tempe s'adressa à lui.

– Moi j'ai la carte et j'attends depuis quatre heures… Vous êtes pas sorti de l'auberge, mon vieux !

Sur le parking, deux hommes aidaient péniblement Victor à se relever.

Autour, un chien aboyait debout sur les pattes arrière, menaçant de gnaquer la nageoire de la sirène. Gaspard tourna la tête, il découvrit le fox-terrier et les gens qui commençaient à s'approcher du tuk-tuk. Il laissa la secrétaire en plan et se précipita vers le parking.

Victor titubait en direction de l'hôpital. Sa blouse flottait fantomatiquement au-dessus du bitume. Gaspard le croisa sans véritablement le voir au niveau de la porte automatique.

Le chien se tortillait dans tous les sens, ses aboiements se changeaient en cri de détresse. Gaspard le chassa et boucla la ceinture autour du corps de la sirène. Enfin, il démarra en faisant crisser ses tout petits pneus.

Gaspard doublait à droite, faisait l'intérieur aux taxis dans les virages en ponctuant de son traditionnel « Ça va derrière ? ».

Le corps de la sirène valdinguait sur la banquette. Des gouttes de sang bleu coulaient contre la portière.

*

Victor hantait le hall d'entrée avec sa dégaine de revenant bourré qui ne retrouve plus sa sépulture. La secrétaire l'observa d'un œil circonspect.

– Eh, la morphine, c'est pour les patients !

Il ne répondit pas. Plus rien ne répondait en lui. Debout au milieu de la salle d'attente, il ânonnait la mélodie.

Milena traversa le hall avec sa démarche de fée mal déguisée. Une force magnétique se dégageait de son déhanché, même le patient qui portait une minerve tourna la tête pour la regarder. Victor était assis sur la chaise près de la machine à café. Une clope se consumait entre ses doigts.

– C'est non fumeur ici, monsieur, lui dit-elle dans un sourire.

Victor ne réagit pas. Il porta son mégot à sa bouche, tel un automate.

– On y va ?

– Je ne me sens pas très bien…

– Tu as pris du cheesecake ?

– J'ai vu une sirène sur le parking.

– Ah oui ? Moi, j'ai croisé une licorne dans le couloir… Elle a failli m'empaler dis donc !

Victor ne réagit pas. Il restait prostré, le regard perdu dans les volutes de sa cigarette.

– Tu lui as fait Yves Montand ? Je parie qu'il lui a fait Yves Montand ! s'exclama-t-elle en levant les bras vers le ciel.

– Cette voix… je n'ai jamais rien entendu d'aussi beau que cette voix.

Milena soupira nerveusement et posa ses mains sur ses hanches.

« *Winter is coming !* » disait Victor lorsqu'une crise de jalousie pointait à l'horizon. À l'exception de la transformation physique, Milena devenait Hulk. Destruction de vaisselle, jets de disques par la fenêtre et pour finir, auto-séquestration dans les toilettes. Victor avait beau imiter Yves Montand à travers la cloison, arrivait toujours le moment où il était contraint d'aller pisser dans le jardin. Un jour, alors qu'il se promenait sur le port du Havre, Milena l'appela au téléphone. Ils échangèrent quelques mots avant qu'une mouette pousse son cri juste à côté de lui.

– C'est qui cette pute qui rigole derrière toi ? Tu l'as baisée ?

Milena souffrait autant qu'elle faisait souffrir Victor mais elle ne pouvait pas s'en empêcher.

– Bon, on y va ? demanda-t-elle sèchement.

Tant qu'à se transformer en Hulk, elle préférait le faire dans la voiture.

Victor tenta de se lever, ses deux mains s'accrochèrent à sa poitrine et il s'écroula au sol. Dans un premier temps, Milena crut à une de ses blagues macabres : il adorait faire le mort pour qu'elle le réveille. Il tombait comme dans les westerns. Plus il jouait mal, plus cela l'amusait.

Mais là, Victor jouait beaucoup trop bien. Il ne se relevait pas.

La montée de crise de Milena l'empêcha un moment

de réaliser la gravité de la situation. Mais Victor ne répondait toujours pas.

Soudainement inquiète, elle s'approcha de lui pour l'aider à se relever. Son corps était inerte. L'affolement désintégra la jalousie et Milena décrocha son téléphone pour appeler des renforts.

Quelques longues minutes plus tard, deux brancardiers débarquèrent à l'accueil. Maladroits et brusques, déconnectés du moment présent.

Ils filaient dans les couloirs. Le temps était en train de dérailler. La main gauche de Victor s'accrochait douloureusement à sa poitrine. Milena tentait de le ramener à lui en lui parlant.

Ils devraient être en train de rentrer chez eux à l'heure qu'il est. Dans le fil du temps qui n'aurait pas déraillé, Milena découvrirait si oui ou non elle était enceinte.

Sa pensée se fissurait. L'idée de mort contre l'idée de vie. La nouvelle réalité arrachait tout sur son passage.

Le souffle de Victor s'amenuisait. Elle cherchait son regard mais ne trouvait que des yeux qui ne semblaient plus lui appartenir. Et les deux branques qui ne rataient jamais une occasion de cogner le brancard ! Virage, ascenseur, tout ce qui n'était pas tout droit les mettait en difficulté.

Quelques notes s'échappaient encore des lèvres de Victor, à peine un souffle.

11

Gaspard ressentit un picotement dans le bras gauche lorsqu'il se gara en bas de chez lui. Il prit toutes les précautions possibles pour sortir la sirène du tuk-tuk sans la blesser. Il la portait à nouveau comme un sac de pommes de terre magique, sur l'épaule, ce qui lui permit de taper son code, puis d'appeler l'ascenseur avec sa main libre. De loin, on se serait cru au festival de Cannes tard dans la nuit, quand les pièces montées des chignons s'écroulent sous la pluie et que les plus extraordinaires des créatures redeviennent humaines en mangeant un bout de croissant dans leur robe lamée, les fesses posées sur un bout de trottoir.

Gaspard s'appliquait à bien maintenir sa veste sur les épaules de la sirène. Un ventre gargouilla. Il ne savait pas si c'était le sien. En tout cas, quelqu'un avait faim.

La porte de l'ascenseur se referma sur la queue endiamantée. Il appuya sur le bouton « ouverture », attrapa le bout de la nageoire pour l'incliner doucement puis, d'un geste rapide, tenta de lancer l'ascenseur. Mais la queue lui glissa entre les doigts et se déplia d'un coup sec. La porte se referma une seconde fois dessus, exactement comme la première. Un voisin qui attendait l'ascenseur pour rentrer chez lui regardait la scène, médusé. Gaspard finit par prendre l'escalier.

Ce qu'on ne raconte jamais dans les histoires de chasse au trésor, c'est comment font les pirates pour porter tout l'or qu'ils ont trouvé sur leur dos. Avec ses cinquante kilos de diamants dans les bras, Gaspard galérait entre les étages. Il devait manœuvrer pour que la queue ne cogne pas dans les virages. Le tout en chaussettes sur des marches plutôt glissantes.

Une fois arrivé sur le palier, il fallait encore récupérer la clé sous le paillasson. Il adossa la poupée désarticulée à la porte de l'ascenseur. Intriguée par le bruit, Rossy observait la scène de derrière son œilleton. « J'aimerais bien savoir où elle s'habille, celle-là ! » pensa-t-elle.

Gaspard ferma sa porte à double tour et traversa son appartement avec la sirène dans les bras. Et la nette impression d'avoir récupéré une sorte de Cendrillon par erreur. Livrée toute cassée et sans mode d'emploi.

Johnny Cash les suivait en miaulant à sa façon, la truffe en émoi devant ce qu'il prenait pour une sardine géante.

Gaspard installa la créature dans sa baignoire. La nageoire dépassait comme les fleurs d'un vase.

– Voilà..., lâcha-t-il, aussi délicatement concentré

que s'il venait de déposer une pierre précieuse dans son écrin.

La créature restait immobile. Sa bouille à fossettes et son boule à facettes lui donnaient un côté princesse disco.

Gaspard ouvrit le robinet. Dès que l'eau entra en contact avec la queue de la sirène, celle-ci ouvrit ses yeux. Bleus. Ultrableus. Un peu d'océan dans chaque pupille. L'intensité de sa beauté augmenta encore. La créature se mit à chanter sa mélodie, la mélodie. Elle fixait Gaspard comme elle avait fixé Victor. Tant qu'il ne s'écroulerait pas au sol, elle ne lâcherait pas sa proie. Le son se réverbérait contre les murs carrelés de la salle de bain. Tout était extraordinairement doux.

N'importe quel homme aurait ressenti un tremblement de cœur niveau 7 sur l'échelle de Richter. Victor était dans un état critique. Mais Gaspard, lui, se concentrait sur la température de l'eau. Il ajouta un peu de bain moussant pour atténuer la proximité avec la nudité de la créature. Lorsqu'il se retourna, elle stoppa son chant, sans le quitter des yeux.

Un encombrant silence s'installa au-dessus de la baignoire.

– *Are you all right ?* Ça va ? lâcha-t-il, hésitant.

La sirène était perplexe. Où était-elle tombée ? Qui était donc ce geôlier aux gestes délicats mais à l'accent anglais terrifiant ? Un fantôme de pirate ? Un faune, peut-être. Elle trouvait qu'il avait une tête de faune. Sa berceuse mortelle ne semblait pas l'affecter. Que voulait-il d'elle ?

Sa nageoire lui faisait mal. Se retrouver prisonnière dans ce minuscule lagon, entourée d'étonnants petits canards morts, l'inquiétait plus que ses habituelles captivités dans les filets de pêche. Jusqu'ici, elle s'en était toujours sortie. Déchirer des filets de pêche d'un coup de dents, elle savait faire. Sauter du pont d'un bateau en un coup de reins ou hypnotiser un prédateur aussi. Mais s'échapper d'une salle de bain… Elle n'aurait jamais dû s'approcher des berges, c'était la règle absolue. Se tenir éloignée des Hommes. Elle le savait.

Gaspard forçait son sourire, pour signifier sa bienveillance.

Finalement, il ressemble plus à un mérou qu'à un faune, pensa-t-elle.

– *My name is Gaspard. I am Gaspard Snow…* Neige, dit-il en lui tendant la main.

La créature fixa les cinq doigts tendus sans répondre à son geste.

Gaspard retira sa main, gêné.

– Vous devez avoir faim… Manger ? *Eat ?*

Gaspard parlait dans un mélange d'onomatopées et de langue des signes. La sirène faisait semblant de l'écouter. Elle réfléchissait déjà à son évasion.

Parviendrait-elle à venir à bout de son geôlier ? Comment s'échapper d'ici ?

– Je reviens. Pas bouger ! *Stay !*

L'homme le plus lent du monde en matière de tâches ménagères se lança dans la préparation expres d'un repas. Ne sachant cuisiner que les pâtes et les omelettes trop cuites, il prépara des pâtes et une omelette trop cuite. Il sortit aussi quelques poissons panés retrouvés dans son congélateur, se disant que son hôte apprécierait de manger quelque chose venant de la mer.

Dans la salle de bain, le chant de la sirène reprit de plus belle. La berceuse de mort enveloppait tout l'appartelier de Gaspard, plus douce et menaçante que jamais.

Son téléphone se mit à sonner. Cette fois il n'allait pas pouvoir éviter une discussion avec son père. Il se mit sur haut-parleur pour pouvoir continuer à cuisiner les mains libres.

– Gaspard, où es-tu ? Je sais que tu es en colère contre moi, mais les premiers clients arrivent, j'ai besoin de toi.

– Je ne peux pas venir ce soir, papa.

– Tu m'en veux encore pour tout à l'heure ?

– Écoute, je suis désolé mais j'ai une copine qui n'est pas très en forme, je dois m'occuper d'elle, là.

– Ah ! Tu vois quand tu veux…

Dans la baignoire, le récital de la cantatrice des mers battait son plein. Tout en vocalisant, la créature vérifia que les petits canards alignés sur le rebord étaient bien morts. D'abord elle les toucha du bout des doigts, puis elle leur arracha la tête avant d'essayer d'en avaler un. Elle mâcha, mâcha encore puis recracha le caneton dans une quinte de toux. Sa nageoire claqua contre le rebord de la baignoire, renversant tout sur son passage : shampoings, gels douche, sels de bain et toute la famille de canards en plastique.

La créature s'enfonçait dans l'angoisse. L'eau était trop chaude. Son geôlier l'avait-il confondue avec un calamar ? Cherchait-il à l'ébouillanter vivante ? Un pêcheur lui avait dit un jour que les filets de sirène cuits avaient un goût de noisette, comme la cervelle du dauphin arctique. Et ce bruit… Elle avait déjà entendu ce bruit de cuisson sur le pont d'un bateau. S'apprêtait-il à la faire frire ?

Son chant mortel redoubla d'intensité, la créature voulait tuer et savait exactement quelle fréquence adopter, et surtout quelle intention donner pour y parvenir. Elle s'appliquait à ce que le son pénètre le conduit auditif de son prédateur, grille son cerveau et fasse exploser son cœur.

Loin d'imaginer ce qui se tramait dans la salle de bain, Gaspard s'affairait à la cuisine. Il prépara un petit plateau coquet, avec une assiette de coquillettes, un morceau d'omelette trop cuite, et un grand verre de Coca. Il sifflotait la mélodie sans vraiment s'en rendre compte.

Dans la baignoire, la créature était secouée de spasmes. Les écailles de sa nageoire se desséchaient à force de ne pas pouvoir l'immerger. Sa blessure était de plus en plus douloureuse. La fatigue indiquait à ses paupières de se fermer mais ses nerfs empêchaient le sommeil de venir. Elle qui aimait tant se laisser dériver au gré des courants, s'endormant au-dessus d'une barrière de corail pour se réveiller au creux d'un lagon ou en pleine mer selon les marées...

Puisant dans ses dernières ressources, la sirène essayait de s'extraire de sa cage de faïence. Mais ses mains glissaient et sa blessure la rappelait constamment à l'ordre. Plus elle sentait ses forces la quitter, plus son chant redoublait d'intensité. Sa voix traversait les murs. Un chant du cygne pour qui l'entendait.

Johnny Cash détala sous le lit. Ses miaulements sonnaient comme des cris de bébé, presque des syllabes.

– C'est quoi, cette voix derrière ? demanda Camille.

– Oh c'est rien ça, c'est le chat !

– C'est pas un chat, ça ! Ne me dis pas que tu t'es emballé une cantatrice ?

Gaspard remuait la poêle pour que le poisson pané n'accroche pas.

– Ah non, ça… je ne te dis pas.

– Écoute, il y a de la friture sur la ligne, je comprends rien à ce que tu dis.

– Oui, un peu de friture, dit-il en retournant le poisson pané.

– Bref… ramène-toi avec ou sans cantatrice ! C'est la pêche miraculeuse ici ! Tout le monde veut voir la crue… Alors si tu veux toujours sauver ton Flowerburger, c'est maintenant ! lança Camille avant de raccrocher.

Gaspard tenta de se concentrer sur la cuisson de son poisson pané. Mais les doutes et questions remontaient à la surface de son esprit. Il se sentait comme un pêcheur de truite sur un petit canot qui aurait harponné un thon par erreur. La sirène était exactement l'inverse d'un thon, mais tout aussi encombrante. Il ne savait pas quoi faire, ni comment. Ce matin encore, il était tranquille avec son chat et ses livres. Ce soir, une tornade s'installait dans sa baignoire.

Vingt et une heures. Il devrait être en train de monter sur scène. Se transcender, donner envie au public de revenir pour que l'aventure du Flowerburger continue. La péniche affichait complet et lui faisait frire des poissons panés pour une déglingo qui vocalisait dans la salle de bain.

12

Épuisée, la sirène avait cessé de chanter.

Elle leva péniblement sa nageoire qui flottait au-dessus de la baignoire tel l'étendard d'une contrée magique. Au moindre mouvement, son visage se crispait de douleur. Le sang bleu perlait le long de ses écailles.

Gaspard était désarçonné par l'intrusion de la créature dans son petit chez-lui mais se surprenait à préparer le plateau-repas avec une certaine attention. Redécouvrir le plaisir de s'occuper de quelqu'un. La douceur de l'utilité. Voilà qu'il se retrouvait flanqué d'un animal et demi et une demi-femme à nourrir. « Seulement pour ce soir », se rassurait-il.

Est-ce que ça boit du Coca les sirènes ? se demandait-il en lui apportant son petit plateau. Est-ce que ça boit ? Et l'eau du bain ? Est-ce qu'il faut la changer tous les jours comme la litière du chat ? Il devait bien lui rester un bulleur pour aquarium datant de l'époque où il avait des tortues, et peut-être même un ou deux palmiers en plastique…

C'était la première fois que la moitié d'une fille entrait dans son appartement depuis le jour où Carolina en était sortie. Gaspard commençait à peine à bien vivre sa désaccoutumance. Régner en maître solitaire dans son propre royaume le stimulait. Il pouvait manger en pleine nuit et rêver en plein jour, il n'avait de comptes à rendre à personne.

Il appréciait cette liberté toute neuve. Les visites finissaient même par le déranger. Mis à part les concerts au Flowerburger, il restait seul et s'en accommodait de mieux en mieux.

Gaspard lança une recherche sur Internet : « Comment soigner un poisson blessé ». Il apprit comment nettoyer une plaie avec des cotons-tiges, à bien la sécher avant d'appliquer une pommade anti-inflammatoire. Puis à bander la plaie.

Dans la salle de bain, on rejouait la crue de la Seine. À force de lutter pour s'échapper, la sirène avait fait déborder la moitié de la baignoire. Sur le carrelage détrempé gisaient çà et là quelques canards décapités ; le vieux Tahiti douche à la framboise, vestige du temps d'avant son accident d'amour, avait valsé jusque devant la porte. Gaspard faillit se prendre les pieds dedans en entrant avec son plateau.

« Putain mais qu'est-ce qu'elle a foutu ? » se dit-il en découvrant le carnage.

Il mit ses deux pieds sur le tapis de bain devenu serpillière et tenta d'éponger en twistant énergiquement. Puis il réinstalla minutieusement canards et autres flacons divers sur le rebord de la baignoire, précisément à l'endroit où ils étaient auparavant. La vie solitaire l'avait transformé en gardien de musée. Il était resté bordélique mais son fétichisme l'avait rendu maniaque.

La sirène le regardait replacer les jouets de bain à égale distance les uns des autres comme si c'était lui l'extraterrestre. Elle se demandait lequel des deux allait mourir en premier.

Gaspard posa délicatement le plateau-repas entre les deux rebords de la baignoire. Ça faisait petit déjeuner au lit, version aquatique.

Les yeux fermés, la tête basculée en arrière, la sirène reprenait son souffle doucement. Des branchies ondulaient le long de son cou, à peine quelques spasmes. Elle était effrayante de beauté. Gaspard éprouvait toutes les difficultés du monde à ne pas la regarder. Elle ressemblait à un fantasme, mais en mieux.

Sauf qu'elle était bien là, en face de lui, à foutre le bordel dans la salle de bain. Un filet de sang bleu s'écoulait désormais en continu le long de sa nageoire irisée.

– Ça vous fait mal ? *Does it hurt ?* demanda-t-il en se penchant sur la blessure.

Impossible de savoir si elle le comprenait. La créature fixa Gaspard droit dans les yeux comme pour le défier.

Gaspard ouvrit l'armoire à pharmacie et en sortit compresses stériles, bandage adhésif, cotons-tiges et paire de ciseaux. La sirène se souvint des pirates qui éventraient ses comparses sur le pont de leur bateau. Ils utilisaient des instruments similaires pour scalper les écailles serties de saphirs bleus qu'ils stockaient dans des coffres à trésor.

– Je vais vous réparer ça. Quand j'étais petit, *when I was a child*, je voulais être vétérinaire ! Bon, au final, je n'ai jamais rien soigné d'autre que des hamsters, mais j'ai un truc avec les animaux, *I'm good with animals !*

Il s'essayait à l'humour sédatif qu'employaient certains médecins avant de pratiquer un geste douloureux.

– Enfin… Je dis pas ça pour vous…

Elle avait envie de le tuer.

Gaspard se pencha doucement sur le corps de la sirène. Ses gestes étaient précis et délicats. Très concentré, il nettoya la plaie avec son coton-tige d'orfèvre et la désinfecta à coups de Biseptine. Ce n'était pas le produit exact indiqué sur Internet pour soigner les poissons, mais sa patiente n'était pas non plus tout à fait un poisson.

La sirène fixa Gaspard et reprit son chant, plus dissonant encore. Une plainte de louve.

Il se retourna pour récupérer la compresse et des ciseaux à bout plat.

– Attention, ne bougez plus !

Gaspard lui effleura les écailles avant d'appliquer le pansement avec la promptitude d'un infirmier diplômé. Il avait l'impression de réparer un bijou ancien.

La queue de la sirène se rétracta nerveusement, elle stoppa son chant sans quitter Gaspard des yeux. Elle souffrait.

Il posa quelques bandes adhésives de Steri-Strip, censées améliorer la coagulation du sang, et enroula le tout dans un bandage, qu'il scotcha à coups de sparadrap comme un papier-cadeau.

– Voilà… C'est fini pour aujourd'hui. Si vous ne bougez pas trop, ça devrait tenir jusqu'à demain. L'anti-inflammatoire va vous soulager.

Il se saisit du pommeau de douche pour humidifier la partie émergée de la nageoire en prenant soin de ne pas mouiller le pansement.

La sirène l'observait, circonspecte. Curieux, ce pirate et son geyser portatif ! Les gouttelettes rebondissaient sur ses écailles, c'était presque apaisant. Les battements de son cœur ralentissaient doucement, les traits de son visage se détendaient.

Gaspard continuait à doucher la sirène délicatement, vérifiant de temps à autre la température de l'eau. Lui aussi soufflait un peu. Comme si une forme de routine s'était subitement installée entre lui et la créature. Il restait là, debout, à arroser sa sirène. Elle lui jetait de grands regards étonnés avec ses yeux assortis à sa queue.

Progressivement, Gaspard réalisait ce qui était en train de se passer dans sa salle de bain. Une sirène. Plus belle que la lune en personne. Qui foutait de l'eau partout. Et ne le quittait pas des yeux.

Il s'assit sur le rebord de la baignoire en évitant soigneusement d'écraser l'étincelante nageoire. Il ne savait plus comment interrompre la séance d'arrosage.

Le regard de la sirène se transformait doucement, la défiance faisant place à une sorte de trouble. Décidément, elle ne comprenait pas le comportement de ce pêcheur qui pansait les plaies de ses proies une fois capturées. Que voulait-il ? Il ne semblait pas en avoir après elle, pourtant il l'avait faite prisonnière. Comptait-il la livrer aux sculpteurs qui utilisaient les écailles pour fabriquer les lustres ? Faisait-il partie de ces marins qui traquaient les monstres pour les enfermer dans des cages et les exhiber contre de l'argent ? Ou de ces pêcheurs qui faisaient des crises d'empathie et relâchaient leur prise ? Et cet animal qui suivait du regard le moindre mouvement de sa nageoire, avec son air de peluche un peu snob. Où avait-elle bien pu tomber ? Quoi qu'il en soit, il fallait qu'elle trouve une solution pour s'échapper.

De son côté, Gaspard se demandait comment arbitrer ses priorités. Son bateau de cœur était au bord du naufrage mais lui se retrouvait à s'occuper d'une sirène blessée, installée dans sa baignoire.

– Lu-la.

– Quoi ? répondit Gaspard, perdu dans ses pensées.

– Lula… mon nom.

C'était presque aussi surprenant que si son chat lui avait dit : « Hey, j'aime pas les croquettes, c'est beaucoup trop sec ! File-moi de la pâtée plutôt. »

– Vous… vous parlez ? dit Gaspard, sous le choc.

– Moins que vous, mais oui, un peu.

Une violente quinte de toux secoua le corps de la sirène. Ça sonnait comme une cascade de perles.

– Il faut reprendre des forces. Je vous ai fait du poisson. Regardez… *Very good !*

Gaspard rapprocha le plateau. Au menu : poisson pané sur son lit de coquillettes, omelette trop cuite et grand cru de Coca-Cola éventé.

– *Parisian fish !* Excellent ! dit Gaspard, enthousiaste.

L'idée que Lula avait d'un poisson et ce qu'elle voyait dans l'assiette étaient parfaitement incompatibles. Elle avait beau fouiller dans ses souvenirs, jamais elle n'avait vu nager de poisson carré avec des yeux dans les coins.

– Picard ! lança Gaspard, fier de son fait.

Il coupa ledit poisson et lui expliqua comment tenir

une fourchette et un couteau. Il goûta devant elle pour lui montrer.

– *Hum ! Very good ! Delicious !*

Lula s'y essaya, avec à peu près autant de succès qu'un Européen mangeant pour la première fois avec des baguettes. Lorsque le morceau de poisson atteignit enfin sa bouche, elle sourit pour masquer sa grimace. Elle gagnait du temps en mâchant lentement, comme une enfant avec un bout de viande trop cuite.

– Du citron ? C'est meilleur avec du citron ! s'enthousiasma Gaspard.

– Il faut me ramener à l'eau, maintenant.

Gaspard observa la blessure, dont le sang bleu avait imbibé tout le bandage.

– Il serait plus prudent d'attendre que votre blessure cicatrise un peu, non ?

Une quinte de toux secoua son corps d'un tout petit séisme.

– Si je ne retourne pas à l'eau d'ici deux levers de soleil, je vais mourir.

– Deux levers de soleil… Bon ! Ça vous laisse au moins le temps de récupérer un peu.

Son visage se referma. Lula ne se voyait pas passer la nuit dans ce mini-lagon entourée de cadavres de canetons.

– Il vaudrait mieux me ramener maintenant, au cas où vous mourriez cette nuit.

– Je fais si vieux que ça ?

Gaspard souriait, tel le vieux tonton fier de sa blague. Lula était à bout de forces, elle n'était pas certaine de pouvoir nager avec sa blessure.

Elle pencha doucement la tête d'un côté puis de l'autre et haussa les épaules. Elle avait l'air d'une petite fille tout à coup.

– Demain matin, je vous déposerai en allant travailler… Essayez de ne pas trop bouger et évitez de mouiller le pansement.

Il désigna la compresse du bout de l'index pour être bien certain que Lula ait compris.

– Comment on fait ? J'éteins la lumière ou je laisse allumé ?

– La lumière ?

Gaspard actionna l'interrupteur.

– Allumé… Éteint…

– Éteint.

– Et s'il y a quoi que ce soit, n'hésitez pas à m'appeler, d'accord ?

La créature lâcha un petit oui mélancolique.

Gaspard se disait que son élément devait lui manquer.

Lula pensait que, peut-être, elle n'aurait pas dû vouloir tuer Gaspard.

13

L'électrocardiogramme de Victor indiquait d'inquiétants signes de faiblesse.

– On est en train de le perdre, murmura le cardiologue sans oser regarder Milena.

Victor esquissait encore quelques notes de la mélodie, à bout de forces. Le bruit des machines rythmait son étrange litanie. Milena lui tenait la main mais la sienne ne tenait plus rien du tout. Il respirait en pointillé, par petits morceaux de souffle. Et toujours cette mélodie qui aspirait le peu d'énergie qui lui restait.

– Il chante, non ? murmura un infirmier maladroit à l'oreille du cardiologue.

– Cette voix… Je n'ai jamais entendu une voix comme ça… Jamais.

Milena blêmissait. Elle, l'implacable bulldozer, était en train de s'écrouler.

Victor s'éloignait, se perdait en douceur. Lui qui s'était sorti d'une maladie grave lorsqu'il était enfant et qui encourageait tous les jours ses patients à se battre se laissait glisser vers la mort.

Le bip de l'électrocardiogramme se transforma en son continu. Milena prodigua un massage cardiaque désespérément violent. Les yeux de Victor ne regardaient plus rien ni personne.

– C'est fini, Milena, dit le cardiologue.

Sous le choc, elle poursuivit le massage, comme possédée. Une minute. Et de plus en plus fort. Deux minutes. Elle ne pouvait plus s'arrêter. Larmes à marée haute. L'équipe médicale était pétrifiée. Trois minutes. Elle continuait, encore. Comme si elle pouvait soulever la mort, comme si elle pouvait le ramener, elle seule. Le corps de Victor était encore là, son âme ne devait pas être partie bien loin. Alors elle appuyait sur sa poitrine encore et encore.

On aurait dit un buzzer cassé, son cœur. Plus rien ne s'allumait, plus rien ne répondait. Les paupières de Victor recouvrirent ses yeux.

Doucement, l'épuisement gagna la partie.

Les bras de Milena tremblaient. L'impossible à accepter était en train d'envahir son esprit.

14

Gaspard se réveilla en sursaut. Il ne parvenait plus à respirer, comme si tout à coup il était sous l'eau. Loin de la surface, là où la lumière n'est plus qu'un souvenir. Son cœur cognait contre ses tempes, des gouttes de sueur froide perlaient sur son front. Et cette enclume de feu qui lui écrasait la poitrine !

Ses yeux s'ouvrirent d'un coup sec, il frissonnait. Une violente douleur lui tordait le bras gauche. Elle remontait jusqu'au cœur.

Il se concentrait pour ne pas paniquer. Utiliser le peu d'énergie qu'il avait pour respirer. Souffle après souffle, remettre la mécanique en marche.

Peu à peu, sa respiration devint plus calme, et la douleur plus sourde. Il se leva, comme pour vérifier qu'il était bien vivant. Il l'était. Gaspard se rassit sur son lit, respira lentement. Il n'avait jamais ressenti de tels symptômes. Ses pensées explosaient les unes contre les autres, le sommeil ne reviendrait pas sans somnifère.

Gaspard se dirigea vers la salle de bain pour y récupérer le médicament. Il poussa doucement la porte.

Lula étincelait dans la pénombre. Elle était là, à écouter les bruits de la ville avec sa dégaine de lustre en cristal décroché du plafond. Sa nageoire oscillait nerveusement au-dessus du robinet.

Gaspard entra à pas de loup dans ce qui était devenu l'antre d'une sirène. Un halo phosphorescent entourait le corps de Lula. Les petits paquets de mousse flottaient sur ses hanches comme la neige sur un lac gelé.

Gaspard chercha l'assomnifère dans l'armoire à pharmacie, il sentait qu'elle l'observait. Il faisait semblant de ne pas s'en rendre compte, mais cela augmentait les symptômes de sa « Pierrerichardite ». Il fit tomber une bouteille de sirop pour la toux qui explosa contre le robinet. En ramassant le verre cassé dans l'évier, il s'entailla le doigt.

Elle en avait connu des marins ivres tombant du pont de leur bateau en écoutant son chant. Des pirates hurlant qu'ils l'ébouillanteraient vivante et autres délicatesses. Des pêcheurs égarés dans la brume, chuchotant sa mélodie avant de se perdre dans la nuit. Elle en avait connu des rois du harpon dans leur déguisement de phoque en néoprène et autres hommes et femmes-grenouilles harnachés de ceintures de plomb pour voler dans le ciel inversé mais ce type, avec sa dégaine de faune paumé, jamais.

Gaspard finit par trouver une boîte d'assomnifères. Il goba un comprimé en buvant au robinet. Puis quitta la salle de bain comme on quitte la chambre d'un enfant venant de s'endormir. Juste avant de fermer la porte, ses yeux croisèrent furtivement ceux de Lula.

– Désolé, lâcha-t-il à voix basse.

Lula ne répondit pas. Elle se demandait quand il allait mourir et s'il aurait le temps de la ramener à l'eau. S'il ne passait pas la nuit, elle ne pourrait pas s'échapper. Plus de huit mille ans à résister aux requins blancs, crocodiles de mer et surtout aux hommes pour finir sa vie dans une mare aux canards en plastique.

Elle observait brosse à dents, rasoir et autres cotons-tiges. Tout était si affreusement immobile alors que chez elle tout dansait, tout le temps. Le ballet de raies mantas, les pluies de poissons phosphorescents et les murènes qui sortaient des coraux avec leur gueule de gant de cuisine.

Son ouïe n'était pas habituée aux sons voyageant à l'air libre. Elle aimait le silence, il lui manquait. Les cris d'orgasme des voisins du dessus lui provoquaient des palpitations d'angoisse. Est-ce qu'ils s'entretuaient ? Même les orques épaulards étaient plus discrets lorsqu'ils dévoraient les baleines.

Elle avait beau ordonner à son cerveau de fermer ses paupières, ses yeux finissaient toujours par se rouvrir.

Alors elle se laissa glisser de tout son long pour mettre sa tête sous l'eau. Là, elle pouvait se souvenir des barrières de corail ouvertes à l'infini, des tortues volant au ralenti et du déhanché des algues.

Tout à coup l'horloge à coucou se mit à sonner, faisant sursauter le corps de Lula comme une crêpe dans sa poêle. Un vrai dauphin de salle de bain. Elle éclaboussa jusqu'à son reflet dans le miroir.

Prise de panique, la sirène tenta de s'extirper de la baignoire. Ses gestes devenaient brusques. Sa nageoire cognait contre le carrelage. Elle était ce canari qu'une main essaie d'attraper dans sa cage.

Le coucou continuait de sonner minuit.

Lula ouvrit involontairement le robinet d'eau chaude, s'ébouillanta la queue avant de réaliser le coup inverse pour enfin couper l'eau.

L'oiseau mécanique se tut.

Lula retrouva progressivement son calme mais, sous son pansement, la blessure s'était remise à saigner. Ça picotait tout autour. Elle essayait toutes les positions, aucune ne la soulageait.

Après de longues heures d'insomnie, ses paupières se fermèrent enfin. Ses cheveux ondulaient comme des algues d'or au fond de la baignoire. Le sang bleu avait perfusé l'eau jusqu'à la mousse.

15

Dans le couloir qui mène à la morgue, Milena suivait le brancard qui transportait le corps de Victor. Son état de sidération était total. Ses pas résonnaient dans le souterrain lugubre. Son ombre faisait du bruit. Tout grattait dans son esprit. Ses jambes opéraient le mécanisme de la marche, ses bras jouaient le rôle de balancier, son système respiratoire fonctionnait mais le circuit de ses émotions était coupé. Arrachés, les fils, le lien. Dans le trop de douleur s'était mis en place le grand rien. Puisque le vide est insupportable, comblons-le par du rien. Épais. Inodore. Incolore.

Chaque seconde passée à tenir debout transformait Milena en une autre elle-même. Elle marchait en tenant la main refroidie de Victor. Elle regardait sa tête dodeliner. Il ne dormait pas. Il était mort. Mort. Mort. Mort. Déjà, il ne se ressemblait plus.

– Et vous n'avez rien vu, pas de symptômes particuliers ? demanda le médecin qui accompagnait le corps.

– Il délirait… Au début, je croyais que c'était un jeu. Il adorait inventer des choses, me faire marcher.

– On a eu plusieurs cas similaires depuis hier. Délires, perte de coordination… suivis des symptômes classiques de l'infarctus.

– Il se parlait à lui-même… On aurait dit qu'il était sous l'effet d'une drogue.

– Nous n'avons trouvé aucune trace de drogue dans ses analyses, par contre son taux d'azote était anormalement haut.

– Son taux d'azote ? Mais qu'est-ce qui aurait pu faire monter son taux d'azote ?

– On ne se l'explique pas pour l'instant. C'est comme s'il avait fait une narcose gazeuse.

– L'ivresse des profondeurs ?

– Oui…

– Comment est-ce possible ?

– On ne se l'explique pas.

– Il va falloir expliquer pourtant. Il faut expliquer ! laissa échapper Milena en se parlant à elle-même

– Vous devriez rentrer chez vous… Vous reposer… Je vous tiens au courant dès que j'en sais plus, d'accord ? dit le médecin en lui pressant l'épaule pour la réconforter.

Les mots entraient dans son conduit auditif et s'évaporaient au contact de son cerveau. Ils ne laissaient aucune trace.

La morgue était ce congélateur géant où les cadavres étaient rangés comme des aliments. Femmes-fruits, hommes-légumes, porcs ou agneaux, tout le monde avait droit à son petit casier. Victor avait le sien, avec son étiquette de valise à enregistrer pour une destination inconnue. Milena demanda à ce qu'on la laisse seule. Le personnel obtempéra. Le bruit de pas sur le linoléum céda la place au vrombissement des néons.

Elle frissonnait, tremblait de tout son long. Ici, il n'était pas tout à fait parti. Ici, elle pouvait pleurer ou ne pas pleurer. Victor était juste à côté, pas encore kidnappé par les cérémonies et les cercueils. Le temps ralentissait un peu.

Quelque chose l'aimantait. Une idée. Cette histoire d'azote, c'était impossible. Impossible ! Elle scandait ce mantra du bout des lèvres. Impossible. On ne se noie pas dans le ciel. Impossible. Impossible ! Et les souvenirs de juste avant la catastrophe qui cascadaient : l'enfant qu'elle avait peut-être dans le ventre, le cheesecake de midi et le dernier souvenir de Victor vivant avec sa cigarette. Elle se surprit à avoir envie de s'en allumer une.

Milena sortit le paquet qu'elle avait prévu de ne jamais terminer et le briquet qui allait avec. Tout se mélangeait. Les abysses de chagrin, l'incompréhension, la perspective du manque. Elle fit rouler la molette du briquet entre son pouce et son index jusqu'à ce qu'une flamme s'en échappe.

Les volutes de fumée glissaient sous les néons, Milena qui ne croyait en rien éprouvait soudainement le besoin impératif de s'accrocher à quelque chose. Qu'on lui raconte une histoire avant d'affronter l'interminable nuit qui l'attendait. Qu'on lui explique, qu'on la soulage. La cigarette se termina.

Elle ouvrit le sac qui contenait le corps de Victor. Elle passa un long moment à le regarder, à stocker son image dans son esprit. Le souvenir de son père mort refit surface. Il se vaporisait tel un gaz. Elle détestait son fantôme autant qu'elle l'aimait. Voilà qu'il faisait claquer ses ombres aux quatre vents, juste à côté du corps de Victor.

Milena finit par se résoudre à rentrer chez elle. Chez eux. Deux assiettes, deux fourchettes, deux couteaux et deux verres sales attendaient dans l'évier. Les souvenirs saturaient l'air, y ajoutant un parfum d'azote. En cherchant des mouchoirs dans son sac, sa main tomba sur le test de grossesse. L'arrosage automatique de larmes se mit en marche.

Milena retourna dans sa voiture et roula. Loin et longtemps. Il faisait beau et doux, et pour la première fois depuis quelques jours, il ne pleuvait pas. Elle pleurait tellement qu'elle enclencha les essuie-glaces.

*

Gaspard se réveilla à l'aube. Pendant quelques secondes, il pensa qu'il avait rêvé. Mais lorsqu'il aperçut, posé à côté de son lit, le plateau en bois avec une assiette de poisson pané à peine entamée, quelques coquillettes éparpillées et un verre de Coca sans bulles, la réalité resurgit.

Une douleur lancinante s'enfonça dans sa poitrine puis disparut. Gaspard était un hypocondriaque inversé, il avait tellement peur des docteurs qu'il préférait ignorer les symptômes, même les plus inquiétants, plutôt que d'aller consulter. Mais les douleurs qu'il avait ressenties dans la nuit planaient dans son esprit.

Il enfila lentement un pantalon et une chemise. Un mauvais pressentiment l'envahit. Il connaissait très bien cette sensation, lui le grand oublieur de choses. Le *Livre secret des Surprisiers* était dans la poche arrière de son pantalon hier. Aujourd'hui, il n'y était plus.

*

Milena avait fini sa nuit dans sa voiture sur le parking de l'hôpital. Au creux de l'insomnie, elle imaginait ce qui se passait dans son autre vie au même moment. De l'autre côté du temps, elle rêvait de toutes les forces qui lui restaient à la réalité détruite. Victor était avec elle dans le lit. Ils n'arrivaient à dormir ni l'un ni l'autre car ils étaient excités par la plus incroyable des nouvelles : Milena était enceinte. Victor faisait des claquettes pieds nus sur la moquette, tout le répertoire d'Yves Montand y passait. Le sommeil la gagnait, mais elle résistait pour assister au spectacle. Victor buvait du champagne et elle du *ginger ale* dans une coupe. En dessert, il y avait du cheesecake.

Milena traversa le hall de l'hôpital, sa blouse posée sur ses épaules flottait comme une cape. Ses cheveux en bataille pouvaient faire penser qu'elle avait passé une nuit torride. La secrétaire de l'accueil vint la trouver.

– Alors ? Victor… Ça va mieux ?

Milena esquiva la question.

– Faut qu'il arrête de piquer de la morphine aux patients parce que, franchement, tout le monde a vu qu'il était défoncé.

Milena se retourna comme un chat qu'on dérange lorsqu'il lape son lait.

– C'était limite limite ! ajouta la secrétaire.

– Vous n'avez rien remarqué de spécial hier ? demanda Milena en s'appliquant à contrôler ses nerfs.

– Oh ben du spécial, j'en vois tous les jours, commenta la secrétaire en désignant la salle d'attente.

– Quand vous avez vu Victor… Est-ce qu'il y avait quelqu'un avec lui, une fille ?

– Non, mais juste avant, y avait un nerveux en chaussettes avec un chapeau de cow-boy. Il y avait une fille dans sa voiture.

– Quel genre de fille ?

– Le genre qui n'a pas de carte Vitale.

– Qu'est-ce qu'elle avait ? Vous l'avez vue ?

– Pas de carte ! Comme je dis toujours, sans carte, moi je peux rien faire. Voilà.

– Voilà ?

– Ben oui voilà, le gars débarque en chaussettes, il a pas ses papiers d'identité. Complètement dans la lune !

– Vous pensez qu'il était drogué ?

– Possible… Il est parti d'un coup, là, pfuiiiiiiiiit ! Il a oublié la moitié de ses affaires.

La secrétaire tendit à Milena un jouet Kinder, un ticket de caisse froissé, un médiator de guitare et le *Livre secret des Surprisiers*. Milena ouvrit la première page et le Flowerburger surgit en pop-up.

16

Gaspard ouvrit la porte de ce qui était devenu l'antre d'un monstre un peu disco. Elle faisait semblant de dormir la tête sous l'eau, ses cheveux jouaient aux algues d'or dans un bain de sang bleu. De petites bulles éclosaient en surface.

Il se saisit du shampoing et du gel douche sans effleurer la nageoire diamantine, avec l'impression de voler ses propres produits. Gaspard se réfugia dans la cabine de douche en silence. Le contact de l'eau sur la peau et du gel douche froid dans le creux de sa main le rassurait. Tout ce qui ressemblait à la vie normale le rassurait. Il se laissa aller à chantonner de vieux airs de crooner, comme il faisait les autres matins. Mais des questions brûlantes faisaient le siège de son esprit. Avait-il contracté une maladie cardiaque ? Devait-il consulter en urgence ? Il sentait bien que ses douleurs étaient anormales mais il n'avait pas le temps de s'en occuper ; d'une certaine manière, ça l'arrangeait.

Aujourd'hui, la mission numéro un serait la suivante : remettre une sirène blessée dans la Seine sans passer pour un tueur en série. Ensuite, il faudrait retrouver l'exemplaire unique du livre que lui avait confié sa grand-mère, et enfin retourner au Flowerburger sans aggraver le conflit qui l'opposait à son père.

Pendant ce temps, Lula ouvrit ses paupières. Elle resta sous l'eau quelques secondes, les yeux ouverts. On aurait dit un très joli cadavre. Vraiment, mignonne comme tout ! Elle écoutait Gaspard chanter. C'était la première fois qu'elle entendait un homme chanter. Elle s'y connaissait en silence, en corne de brume et en chant de baleine mais celui des hommes, c'était nouveau. Elle n'était pas certaine de trouver ça beau, mais le fait même que son ravisseur puisse chanter l'intriguait. Sa voix était-elle mortelle comme la sienne ?

Gaspard se résolut à quitter la cabine et enfila son peignoir en accéléré sous les yeux de Lula. Elle l'observait dans les moindres détails. Qui était-il ? Qu'était-il ? Très peu d'hommes avaient résisté au-delà d'une nuit après l'avoir entendue chanter. Et tous étaient morts.

– Comment allez-vous ? Vous vous sentez mieux ce matin ?

Gaspard lui parlait comme un infirmier à un patient

hospitalisé. Il ne se reconnaissait pas lui-même, qu'est-ce que c'était que ce ton ?

Lula remplissait d'eau le corps d'un canard en plastique décapité, le vidait puis recommençait, sans quitter Gaspard du regard. Elle le regardait dans les yeux, comme si elle pouvait y lire la clé du mystère.

– Et vous ?

– Quoi, moi ?

Lula fixait Gaspard, toujours plus intensément.

– Vous avez mal… au cœur ?

– Moi ? Alors là, pas du tout !

Lula fit une moue perplexe, sans lâcher des yeux Gaspard, qui commençait à éprouver le besoin de s'échapper.

– Ça vous prend souvent de chanter comme ça ? demanda Lula.

– Ah oui, un peu, pourquoi ?

– Vous êtes marin ?

– Non, moi je suis crooner de salle de bain, répondit Gaspard.

Dans un bain plus moussant encore que celui de Lula, Rossy écoutait attentivement la conversation. Seule sa tête sertie de bigoudis gros comme des cages de hamster émergeait du nuage de mousse. Elle peignait ses ongles de rouge, exactement de la même teinte que son rouge à lèvres.

Johnny Cash se faufila le long de la baignoire avec son air de panthère snob. Il sauta d'un coup aussi sec qu'élégant dans le lavabo, son lieu de villégiature favori pendant les grosses chaleurs d'été. Le chat se mouvait avec grâce.

Lula n'avait jamais vu ce type de mangouste. Cette chose pouvait-elle être venimeuse ? Elle sursauta et fit claquer sa nageoire contre la porte, éclaboussant légèrement le chat. L'animal se dressa sur le bout des pattes, recourba ses oreilles et souffla méchamment.

– Faut pas avoir peur de Johnny Cash ! dit Gaspard en caressant le monstre.

Lula ne quittait pas l'animal des yeux. Avec son chat redevenu calme dans les bras, Gaspard dégageait une sorte de tendresse étrange. Lula le ressentait comme un écho qui frappait au loin dans son esprit. Cette sensation la troublait. Hier elle avait essayé de le tuer.

– Je chante, moi aussi, dit Lula.

– Oui, je vous ai entendue. Très joli ! Vous avez une voix de chanteuse folk des années 40 ! Vous auriez pu chanter dans The Carter Family. Je vous ferai écouter, c'est merveilleux.

Lula fixait Gaspard. Elle était troublée par cet élan d'enthousiasme qui complexifiait l'idée qu'elle s'en faisait.

– Quand j'ai chanté, c'était pour vous…

– Pour moi ? Oh merci. J'ai toujours eu un petit faible pour les voix féminines !

– C'était pour vous tuer.

– Me tuer ? Avant que je prépare le petit déjeuner ?

Bide total. Pas l'ombre d'un sourire, aucune réaction de Lula.

– D'habitude, les hommes qui entendent ma voix tombent si follement amoureux de moi que leur cœur explose…

Elle articulait chaque syllabe, avec la froideur angélique de la Brigitte Bardot du *Mépris*. Gaspard préféra rire. Son système de protection par déni automatique venait de s'enclencher.

– Vous ne devriez pas rire, vous allez mourir, comme les autres.

– Absolument tous ?

– Absolument tous !

Dans les bras de Gaspard, Johnny Cash poussa un miaulement d'oiseau enroué.

– Faut pas s'inquiéter pour moi. L'amour à mort, j'ai déjà donné ! Le cœur… Il a explosé depuis longtemps.

– Il a explosé ? Déjà ?

– Oui, plusieurs fois même. Et je suis toujours là… Mais depuis, l'amour, c'est fini pour moi, et je ne m'en porte pas plus mal.

– Gaspard ?

– Oui ?

– Il va exploser encore ce cœur… Et cette fois, pour toujours.

Lula tendit le canard décapité à Gaspard.

Il la regardait. Cette fille si belle qui le prévenait gentiment qu'elle allait lui briser le cœur. Il la trouvait drôle. Rien n'est plus sexy que le cerveau d'une fille avec de l'humour dedans. Les seins, les fesses, la bouche sont des amuse-gueules délicieux, mais le partenaire des longues aventures, c'est l'humour. Gaspard chassa cette idée de son esprit avec son système de protection. Un système très efficace qui lui avait permis de ne plus tomber amoureux depuis l'ouragan Carolina.

Deux îlots de porcelaine surnageaient dans le bain de sang bleu. Gaspard s'appliquait à ne pas les regarder.

– Je vais vous changer l'eau ! dit-il en se penchant vers le robinet.

– C'est inutile, j'allais sortir.

– Vous allez sortir ?

– Ramenez-moi au fleuve, maintenant, dit Lula froidement.

– Pas dans cet état…

Gaspard pointa le bandage qui n'avait cessé de bleuir.

– Vous pensez pouvoir nager, honnêtement ?

Lula continuait de le fixer, mais resta silencieuse.

Gaspard se saisit d'une boîte de compresses dans l'armoire à pharmacie. Concentré sur le soin, il retira le pansement délicatement. Quelques écailles s'arrachèrent.

La sirène ne bronchait pas. Il balança le trésor à la poubelle et termina de la soigner.

– Je ne crains rien. Je suis immunisé. Blindé ! (Il se donna quelques coups de poing sur le cœur.) Je vais bien m'occuper de vous et quand vous serez remise sur pied…

Gaspard jeta un œil à la nageoire qui s'échappait de la baignoire tel un bouquet de pierres précieuses.

– Enfin, remise sur pied… on se comprend. Quand vous serez capable de nager, je vous ramènerai à l'eau, d'accord ?

Lula haussa ses un peu trop jolies épaules. Elle avait la faculté d'être encore plus belle en faisant la gueule, comme Lana Del Rey.

– Attendez ! Bougez pas ! Gaspard revient !

Il alla dans sa chambre et ouvrit un placard rempli de cassettes VHS. Une collection de films de son enfance. *E.T.*, *Les Goonies*, *Gremlins 1* et *2*, *Retour vers le futur*, *Star Wars*… Il se demanda quel film pourrait distraire Lula pendant qu'il retournerait au Flowerburger. Lorsque son regard tomba sur *La Petite Sirène*, il se saisit de la boîte poussiéreuse avec une joie presque enfantine.

Il rebrancha son vieux poste de télévision à bords ronds et l'installa dans la salle de bain, juste à côté du lavabo.

Lula observait ses moindre gestes, troublée par l'enthousiasme de Gaspard. On aurait dit un jeune papa préparant son premier sapin de Noël.

– Vous allez voir…, dit Gaspard en lançant le film. C'est comme l'océan, mais en plus petit.

Lula acquiesça sans trop comprendre. La douleur remontait tout le long de sa dorsale. Elle essaya de trouver une position un peu plus confortable, sans succès.

Gaspard fit couler l'eau du bain pour la renouveler et ajouta du bain moussant. Il se tourna pour éviter de se retrouver face au corps nu de la sirène. Elle frissonnait légèrement.

Gaspard regarda sa montre à gousset qui était dans la même poche que son smartphone. Houlà ! Le temps passait en accéléré dans cette salle de bain ! Il devait absolument aller au Flowerburger.

– Bon, j'y vais… Essayez de vous détendre sans trop mouiller le pansement si possible. Si vous avez envie de chanter… piano piano. Je ne voudrais pas retrouver un voisin mort d'amour sur le paillasson en rentrant.

– Piano piano ! sourit Lula.

– Piano piano !

Gaspard sortit de chez lui avec une sorte de sourire. Fidèle au poste, sa voisine Rossy ne manqua point de le lui faire remarquer.

– Toutes mes félicitations !

– Pardon ?

– Vous croyez que je vous ai pas vu avec la bombasse, hier ? D'ailleurs, vous auriez pu attendre d'être chez vous pour la déshabiller.

– Ah… Lula ! C'est juste une amie.

– C'est pas une chanteuse au moins ? Faut arrêter avec les chanteuses, Gaspard.

– Rossy, je…

– Une effeuilleuse ?

– Ah oui. Peut-être.

– Roooh… Le petit Gaspard nous a ramené une effeuilleuse ! Votre grand-mère serait très fière de vous. Moi-même il y a quelques années…

– Oui. Je sais, Rossy ! Il y a des photos de vous au Flowerburger et je dois…

Gaspard esquiva Rossy tel un ailier de rugby pour s'échapper enfin. Elle resta là, avec ses airs de pilier en bigoudis. La cage d'escalier était son royaume, elle y régnait à toute heure du jour et de la nuit. Longtemps après sa mort, son fantôme ira chercher le courrier qu'elle ne recevra plus.

17

Milena errait devant l'hôpital. Ses jambes compas arpentaient le parking, semblant le mesurer. Elle ne pouvait s'empêcher de remonter le temps, juste avant la catastrophe. Quand il était question de cheesecake. La vie d'avant lui paraissait dater d'un siècle déjà. La douleur étirait le temps, accélérait les métamorphoses.

Un reflet bleu attira son regard. Un éclat de verre, se dit-elle dans un premier temps. Puis un autre. Plus loin, un troisième. Ce n'était pas du verre. C'était plus bleu, plus argenté et surtout c'était extraordinairement fin. On aurait dit de la peau, plus exactement des écailles.

Milena les ramassa une à une et vérifia leur transparence dans le soleil. L'une d'elles trempait dans une flaque de mercure bleue. Elle retourna de son pas décidé jusqu'à son bureau et se saisit d'une mallette remplie de matériel médical. Sur le parking, elle entreposa les écailles dans un petit sachet d'analyse et aspira le mystérieux liquide à l'aide d'une seringue.

Gaspard se gara de l'autre côté du parking. Près des camions du SAMU. Le tuk-tuk ressemblait à un kart à pédales. Milena fit claquer ses talons sur le bitume. Elle tenait fermement son sachet d'écailles ainsi que la seringue bleutée. Gaspard aperçut au loin ce grand cheval roux qui cavalait, crinière au vent. Il l'avait presque rattrapée lorsqu'elle franchit la porte de l'accueil. Puis elle disparut dans le dédale de couloirs blancs du laboratoire d'analyses.

Gaspard s'arrêta devant le bureau des pleurs et des cris.

– Bonjour, je suis venu hier, vous n'auriez pas trouvé un livre ?

– Vous avez votre carte Vitale ?

– Non ! Je cherche un livre, un vieux livre, comme un carnet de marin !

La secrétaire qui l'accueillit était si souriante qu'il se demanda s'il ne s'était pas trompé de porte. C'était le bon endroit, mais elle n'avait pas trouvé le livre.

Au laboratoire, Milena sortit la seringue remplie du mystérieux liquide et demanda à Pierre le biologiste d'en analyser le contenu.

*

Lula regardait *La Petite Sirène*. Elle secouait doucement la tête et la nageoire pour battre la mesure de la chanson « Sous l'océan ». La voix d'Henri Salvador résonnait dans la salle de bain. « Ariel, écoute-moi, chez les humains, c'est la pagaille, la vie sous la mer, c'est bien mieux que la vie qu'ils ont là-haut. »

Lula écoutait attentivement les paroles, comme si un Dieu bizarre lui envoyait un message. La réalité était montée à l'envers depuis hier. L'homme qui l'avait pêchée lui donnait à manger au lieu de la manger lui-même, les poissons étaient rectangulaires et n'avaient pas de goût, elle vivait dans un lagon ridiculement petit, et son geôlier y avait déposé une boîte avec de l'océan dedans. Une sirène y parlait sous l'eau.

Lula s'approcha lentement de l'écran et essaya de passer sa main à travers. Une décharge d'électricité la fit sursauter. Elle frappa avec son poing, plusieurs fois. Mais rien ne se passait. La chanson se terminait joyeusement.

Lula vibrait pour Ariel, comme Gaspard devant un match de football. Elle s'emportait, essayait de lui parler à travers l'écran. « Non ! N'y va pas, reste au fond ! Ne fais pas la même erreur que moi ! Nous sommes éternelles, profitons-en pour prendre notre temps au lieu de le perdre à la surface. Quelle idée de suivre un type qui sait même pas respirer sous l'eau ! Il va te scalper les écailles ! Il va te découper en filets ! Réveille-toi, ma petite… »

Le film continua et le prince se comporta comme un prince. « Mais s'il était aussi charmant qu'il en avait l'air, la moindre des choses eût été de passer son brevet de plongée sous-marine », se dit Lula. C'est bien beau d'avoir sauvé la petite sirène, mais qu'est-ce qu'on fait quand elle a le mal du pays ? Est-ce que c'était ça l'amour ?

Cette question la travaillait depuis des années, et les hommes qu'elle avait rencontrés étaient morts beaucoup trop vite pour qu'elle puisse expérimenter ce sentiment. Et puis, elle était la dernière sirène. Après elle, il n'y en aurait plus jamais d'autre.

L'idée de maternité lui traversa l'esprit… Parfois, cette idée restait accrochée à ses pensées si longtemps qu'elle se laissait aspirer dans ses propres tourbillons.

*

Milena s'enferma dans les toilettes du laboratoire et sortit son test de grossesse. Est-ce que les spermatozoïdes d'un mort arrêtent leur course vers la vie ? Est-ce que quelque chose les prévient que leur capitaine s'est noyé, qu'il n'y a plus personne à bord ?

Milena ne quittait pas des yeux le petit rectangle révélateur.

Une minute.

Elle entendait battre le cœur du temps qui passe, seconde par seconde. Le roulement de tambour remontait dans sa gorge. Son cœur devenait trop gros pour son corps.

Trente secondes.

Tremblement de terre sous ses paupières, fusée de détresse perdue dans la nuit sans étoiles.

Dix secondes.

Tout faisait mal. Quel que soit le résultat, tout ferait encore plus mal.

Trois. Deux. Un. Milena ferma les yeux. Un long moment. Puis, après avoir repris son souffle, elle les ouvrit.

Positif.

Assise dans les toilettes, avec son espèce de stylo entre les mains, Milena ressemblait à une adolescente perdue. Enceinte d'un fantôme.

Depuis le jour où elle avait tenu son petit frère dans les bras, Milena rêvait d'être mère. Après la disparition de son père, ce désir s'était évaporé. Jusqu'à ce qu'elle rencontre Victor. « La vie est un bonus », disait celui qui avait failli la perdre à cause d'une leucémie à l'âge de huit ans. Il avait été soigné par une doctoresse qui lui racontait des histoires de dépassement de soi, de métamorphoses. À son tour, il encourageait ses patients à muscler leur imagination pour combattre la maladie au quotidien. « Je ne dispose pas du pouvoir de guérison, sinon tous mes malades s'en sortiraient. Par contre, je peux t'aider, te mettre dans les meilleures conditions possibles pour te soigner. Je suis ton coach, mais sur le ring, c'est toi qui te bats », l'avait-elle entendu dire à un patient. Elle était impressionnée par sa capacité de résilience. Victor fabriquait sa propre magie à mains nues.

C'est en le regardant travailler qu'elle était tombée amoureuse de lui. Quelques mois après leur rencontre, son désir d'enfant avait resurgi. Elle ne voulait plus seulement un enfant, mais un enfant de Victor.

Un souffle de joie lui fit tourner la tête un instant. Milena portait en elle ce qui restait de leur amour. Il était mort et dans son ventre s'organisait la vie.

Victor aurait voulu qu'elle garde l'enfant et qu'elle continue la vie avec lui et pour lui. Elle l'entendait presque l'encourager. Le ton qu'il emploierait, ses mots. Tout son logiciel émotionnel lui était encore accessible. Une force en elle la poussait à défier cette catastrophe. Comme lui l'aurait fait. En transposant, en aiguisant sa pulsion de vie. S'accrochant à la douceur coûte que coûte.

Mais une autre voix, plus puissante, la poussait à tout piétiner. Passé, présent, futur. Tout. Arracher les fils pour qu'aucune pensée ne la traverse plus. La joie était devenue le plus insupportable des sentiments.

Son téléphone sonna. Elle hésita à répondre. Non. Puis si.

– Allô, Milena ? dit le biologiste. J'ai terminé les analyses de ce que vous m'avez apporté.

– J'arrive ! tonna-t-elle en se redressant.

Elle jeta le test à la poubelle comme s'il était infecté. Ce mélange de chagrin et de colère qu'elle avait ressenti lorsque son père s'était suicidé la submergeait de nouveau.

18

Gaspard gara son tacot vers l'endroit où il l'avait volé, se disant que son propriétaire le retrouverait. Le fleuve rapetissait doucement, l'écume dégonflait. La magie avait pris un coup dans l'aile. Il se glissa dans la coque de la péniche, le cœur secoué comme une boule à neige. La douleur dans son bras s'accentuait, mais il refusait d'y penser. Lorsque son cerveau établissait un lien possible entre cette douleur et ce que lui avait dit Lula, Gaspard coupait tous les circuits.

Il salua les Barberettes qui chauffaient leur voix. Elles harmonisaient une mélodie… La mélodie.

– C'est… c'est connu cette mélodie ? demanda Gaspard.

– *I don't know, maybe an old musical ? I don't know…*

Pendant ce temps, Lula chantonnait sur le générique de *La Petite Sirène* en mangeant un morceau de savon.

Elle avait faim, et le goût était moins désagréable que celui du poisson carré.

Une première bulle se forma à la commissure de ses lèvres. Puis une deuxième, et une troisième. En quelques minutes, Lula s'était transformée en machine à bulles. Elle soufflait des bouquets translucides vers le plafond puis les regardait exploser en l'air, tranquillement.

Rossy écoutait « Partir là-bas[1] » à travers la cloison. Gaspard étant parti travailler, elle en déduisit que la créature était restée chez lui. Incapable de résister à sa curiosité, elle sortit sur le palier et, vérifiant qu'elle était bien seule, s'agenouilla et récupéra la clé sous le paillasson.

Guidée par le son de la télévision, Rossy traversa l'appartement de Gaspard. Elle manqua tomber dans la baignoire en glissant sur le tapis de bain. Lula poussa un cri et plongea la tête sous l'eau.

Rossy fut beaucoup moins surprise par la sirène que la sirène par Rossy.

– Beau, ce costume de sirène ! lança-t-elle en s'allumant une cigarette.

Doucement, Lula sortit la tête de l'eau.

– Je suis Rossy, la voisine de Gaspard.

1. Chanson du générique de fin du film *La Petite Sirène.*

Pétrifiée, Lula ne lâchait pas son morceau de savon. Les bulles traversaient la fumée.

– Et donc, vous êtes sa nouvelle copine, c'est ça ? Chanteuse ?

Lula ne répondait pas.

– C'est bien, dit Rossy, actant la non-réponse de Lula comme un « Oui ». Je sais pas ce qu'il a avec les chanteuses, notre Gaspard…

Elle tira une large bouffée qui changea la salle de bain en fumoir de boîte de nuit.

– Enfin, je suis contente qu'il ait trouvé quelqu'un. Parce que le pauvre… La dernière, là… Elle a failli le tuer !

Johnny Cash miaula un coup, comme s'il comprenait les mots de Rossy. En vrai, il voulait des croquettes.

– Moi aussi j'ai essayé de le tuer, dit Lula.

Une bulle de savon s'échappa de ses lèvres.

– Vous êtes une marrante, vous.

– Vous trouvez ?

Rossy s'assit sur le rebord de la baignoire et sortit son paquet de cigarettes. Elle s'en ralluma une, rapide comme un Billy the Kid du Zippo. Lula la regardait, fascinée. Quelle était cette tige étrange qui permettait d'avaler du feu et de cracher des volutes par les narines ?

– Il vous a déjà emmenée au Flowerburger ?

Lula entendait les mots de Rossy mais ne les écoutait

pas. La fabrication des nuages la captivait. Cela lui rappelait la naissance des méduses.

– Parce que le Flowerburger, c'est un endroit fabuleux pour tomber amoureux.

19

Milena flottait dans les couloirs. Elle marchait sur son cœur, le piétinait. Elle prenait le pli de la mort. La vie dans son ventre sonnait creux.

– Alors ? demanda-t-elle au biologiste en entrant dans le laboratoire.

– J'ai jamais vu ça !

Pierre pointa un microscope et invita Milena à regarder.

Un bleu pailleté comme un ciel étoilé. Voilà ce qu'on voyait dans le microscope.

Milena releva la tête doucement, sonnée par l'étrange beauté de ce qu'elle venait d'observer.

– Et ce liquide bleu, c'est du sang.

– Tu es sûr de ce que tu dis ?

– Certain. Par contre, l'analyse du plasma n'a pu être recoupée avec aucun autre échantillon.

– Qu'est-ce que ça veut dire ?

– Ça veut dire que tu m'as fourni le sang d'une espèce inconnue...

L'esprit de Milena dérivait aux portes de l'inexplicable. Les connexions qu'elle faisait ne lui ressemblaient pas.

– Les globules bleus qui donnent sa couleur au sang contiennent très peu d'oxygène…

Le biologiste réfléchissait en même temps qu'il parlait. Une certaine excitation s'emparait de lui.

– Cette créature ne peut survivre plus de quelques heures loin des fonds marins…

Milena ne pouvait s'empêcher de penser aux derniers mots de Victor. Son trouble augmentait à mesure que l'impossible entrait dans le champ du possible. Mais elle résistait à la tentation d'assembler les deux pièces du puzzle.

– J'ai également analysé les petits morceaux de peau translucide : os spongieux, couche de saphir recouverte de kératine… C'est comme des écailles de poisson, mais serties de pierres précieuses.

Un gisement d'étoiles explosa dans le regard du biologiste. Il réprimait son enthousiasme mais ses yeux le trahirent. Milena ressentit son excitation. La tension montait. Elle se saisit du paquet d'écailles et le gifla avec.

Le biologiste était paralysé debout, seules ses pupilles bougeaient encore.

Milena se sentit soulagée. Comme juste après avoir vomi. Tout ce qui ressemblait à la joie lui donnait des haut-le-cœur. La moindre émotion positive l'affectait, l'infectait. Le canal de l'émerveillement s'était écroulé à la mort de son père. Victor l'avait reconstruit avec des allumettes et du carton plié. Milena s'excusa du bout des lèvres. Le biologiste continua à ressembler à une statue de biologiste. C'est à peine s'il déglutissait.

Elle quitta le laboratoire avec son petit sachet. Un trésor de bonbons berlingots et un tube de sang bleu entre les mains. Dans le couloir, elle croisa les mêmes brancardiers branques que la veille. Ils cognèrent leur patient dans le même virage que Victor, avec la même non-expression sur le visage. Elle s'enferma dans son bureau.

Souffler. Trier les pensées des émotions. Craquer. Souffler. Trier encore. Et ce film qui passait et repassait sans cesse. Cheesecake. Victor. Mort. Sirène. Voix. Écailles. Sang bleu. Cheesecake. Victor. Mort. Vie. Ventre. Positif. Bébé. Mort. Victor. Mort. Sirène.

Impossible. Sirène. Impossible. Victor mort. Sirène. Ça n'existe pas les sirènes. Cheesecake. Mort. Milena résistait encore à l'idée de mort. Un reste d'énergie anesthésiait sa pensée, mais la réalité la hantait.

Elle regarda les dernières analyses et le compte rendu de Victor sur le serveur informatique de l'hôpital. Pas d'insuffisance cardiaque préalable mais un taux d'azote très élevé. Celui d'une narcose gazeuse. L'ivresse des profondeurs sur un parking.

Et ce carnet de marin oublié par le nerveux en chaussettes qui gisait sur son bureau, ouvert au milieu des ordonnances. Le ventilateur le feuilletait.

Milena l'ouvrit à la première page, le pop-up du Flowerburger surgit. Elle continua de le parcourir. « The poetry of war », les commandos Surprisiers. La fille sans carte Vitale ni papiers d'identité. La voix. Le parking. Les écailles. Le sang bleu. La narcose gazeuse. C'était impossible. Mais plus elle refusait d'y croire, plus elle sentait la réalité surnaturelle s'imposer.

Les démultiplicateurs de rage lancèrent leurs calculs. Le fantôme de son père s'asseyait sur sa tête avec sa patiente morte dans les bras. Celui de Victor mort dans ses bras à elle. Cette mélodie qu'il susurrait comme s'il avait avalé une voix. Empoisonnée. Elle ne pouvait pas faire une crise de jalousie à un mort mais par contre, elle pouvait retrouver l'empoisonneuse. Se venger. L'idée lui transperça l'esprit. Un frisson. Le retour de l'électricité. Partout dans son corps. Le béton armé des étoiles mortes.

20

Rossy se mit à chanter au milieu de sa phrase, comme dans une comédie musicale : « Bienvenue au Flowerburger, ici les heures coulent comme de l'eau, on met des fleurs dans les burgers, le grand ailleurs c'est ici-haut. »

C'était la première fois que Lula entendait chanter faux. Elle ne savait même pas que c'était possible.

– Pour comprendre Gaspard, il faut connaître l'histoire du Flowerburger ! Sa grand-mère en était la fondatrice. Sylvia Snow, un petit bout de femme extraordinaire ! Capitaine de bateau, poétesse, joueuse de poker, magicienne…

Rossy adorait raconter cette histoire, car c'était aussi la sienne.

– Gaspard n'a jamais connu sa mère. C'est Sylvia qui l'a élevé dans la péniche. Elle lui a appris à devenir un rêveur de combat ! De ceux dont l'imagination est si puissante qu'ils peuvent modifier la réalité, du moins la leur. « The poetry of war, l'art des Surprisiers ! » lança mystérieusement Rossy.

Lula l'écoutait car il n'y avait plus de cigarette à regarder. Son accent anglais était aussi amusant que sa façon de chanter.

– Les Surprisiers préparaient des opérations commandos de poésie qu'ils appelaient « Cambriolage inversé » : ils escaladaient les cheminées à la tombée de la nuit et jetaient des flocons de neige en coton par le conduit avant d'y laisser tomber livres, disques et jouets faits maison… Pluie de licornes, de dragons…

– Sirènes ?

– Peut-être, oui… Je ne me souviens pas de tout.

Rossy mimait chaque geste, comme si elle se téléportait dans l'histoire qu'elle racontait.

– Ils glissaient des livres interdits au hasard des paillassons, déposaient des jouets sur les rebords de fenêtre et revenaient se cacher dans la cale du bateau, juste avant le couvre-feu…

Rossy esquissa un pas de danse, secouant sa tête recouverte de gros bigoudis. Lula la prenait pour un hippocampe.

– Ça dansait le rock'n'roll jusqu'au plafond dans la cale du Flowerburger ! On y enregistrait des poèmes dans un genre de cabine téléphonique, on fabriquait des disques en chocolat, on pouvait les écouter une fois et après il fallait les manger. C'était incroyable, le chocolat changeait de goût selon la chanson. Le Flowerburger était le seul endroit au monde où on pouvait déguster la musique ! Les meilleurs magiciens de Paris venaient y étrenner leurs nouveaux tours, même en temps de guerre… surtout en temps de guerre.

– Et maintenant, nous sommes en temps de guerre ?

– Par moments, oui ! D'où l'importance de travailler encore et toujours à l'émerveillement. C'était le boulot des Surprisiers ! Surprendre, émerveiller, remonter le moral… Burn-in ! Juste pour le panache, ajouta-t-elle en s'allumant sa troisième cigarette.

– Qu'est-ce que c'est, « panache » ?

Elle venait de dégoupiller une bombe d'allégresse.

– Le cœur du sujet, ma petite ! Faire les choses pour la beauté du geste ! La question de la passion, de l'instinct ! L'esprit d'aventure, l'imagination, l'humour, la camaraderie. Et bien sûr, c'est le plus important : l'amour !

– Pourquoi vous me racontez tout ça ? demanda soudain Lula.

– Parce que sans amour, Gaspard, il est cuit ! Il a beau se convaincre du contraire, il est cuit ! Le Flowerburger, c'est son moteur. Mais le carburant, c'est le cœur ! Il faut l'aider à redevenir lui-même, ma petite dame.

Un silence s'installa dans la salle de bain, à peine troublé par le clapotis.

– Vous savez, j'ai été quittée moi aussi, et après la

rupture, je me suis refermée comme une huître. J'espérais sans trop me l'avouer que quelqu'un viendrait taper sur ma coquille pour me dire « Hey ! Sortez de là, je sais que vous êtes une perle ! ». Mais personne ne vient. Le temps passe, je vieillis et je suis toute seule. Certains vivent mieux que d'autres sans amour, j'ai cru que j'en étais capable, mais c'était une connerie. Et au fond de moi, je le sais très bien. Gaspard aussi, il le sait très bien ! Donc vous arrivez à point nommé…

– Je n'en suis pas sûre, vous savez, j'ai peur que…

– C'est normal. S'installer dans un grand cœur comme le sien, sans chauffage ni électricité, ça peut faire peur. Mais vous allez tout rallumer et ce sera fantastique. Il n'attend que ça, qu'on le rallume !

Le bruit très reconnaissable de l'ascenseur fit sursauter Rossy. Elle se leva subitement.

– Si Gaspard me trouve là… Ne dites surtout pas que je suis venue ! Et si vous avez besoin de quoi que ce soit, des trucs pour le séduire, ses chansons préférées, tout ce que vous voulez, je connais tout sur lui. Je suis à côté ! L'appartement d'en face.

Rossy disparut aussi rapidement qu'elle était apparue. Pour Lula c'était elle, la créature magique. Avec son paquet de tiges pour respirer le feu et son histoire de l'amour.

L'amour… Lula avait rangé cette vieille idée au

placard depuis des milliers d'années. Elle était devenue ce précipité de destruction. Les hommes se fracassaient le cœur contre son bouclier empoisonné. Rien ni personne ne pouvait lui résister. Même le requin blanc perdait le sens de l'orientation en entendant son chant. Il partait se cogner contre les rochers et se réveillait la gorge sèche avec du sable entre les dents.

Et voilà que ce grand hippocampe à bigoudis venait agiter l'amour au-dessus de sa tête tel un pompon de manège ! Celui qui répare, celui qui sauve ! Les paroles de Rossy reconnectaient les étincelles de l'ancien temps. Au loin, dans les catacombes de sa mémoire, derrière les ombres, subsistait un écho. Une sensation. Un souvenir presque effacé. Quelque chose s'était pourtant passé, avant les catastrophes…

Lula ressentit un léger picotement dans le ventre. Que se passerait-il si elle retombait amoureuse ? Est-ce que son pouvoir se retournerait contre elle ? Sa nageoire se balança au-dessus de la baignoire.

Lula se surprit à attendre le retour de Gaspard et à espérer que son cœur n'explose pas, et plus seulement pour lui permettre de regagner les abysses. Seuls les dieux étaient censés lui résister, mais elle n'en avait jamais rencontré. Ou alors, c'étaient pas vraiment des dieux. En tout cas, ils étaient tous morts.

21

Milena auscultait le *Livre des Surprisiers*, cherchant un nom ou une adresse. Les pages défilaient en accéléré comme si elle battait un jeu de cartes. La guerre. La mort. Paris. Un chêne. Une histoire de famille. Un haïku. Noël. Un western. De la neige. Beaucoup de neige. Un trésor. Un grenier. Un géant. La ligne de démarcation. Une horloge sans coucou. Un fantôme caché sous son drap. Un cactus déguisé en fille. Le cœur. L'Espagne. Une rose. Un vampire. Des étoiles. Beaucoup d'étoiles. Le cœur. Des cartes. Le Grand Nord. Un chapeau. Des cow-boys qui jouent aux Indiens. Un bateau qui se dresse en pop-up. Son nom : le Flowerburger. Mais aucune adresse. Des pages blanches. Beaucoup de pages blanches. Encore des pages blanches. Pas de fin.

*

Le paquet de cigarettes de Rossy trônait sur le bord du lavabo entre un tube de dentifrice et un verre rempli de brosses à dents. Lula se leva douloureusement de la baignoire. Elle parvint à se saisir du petit trésor en carton, avec le briquet à l'intérieur. Elle répéta le geste plusieurs fois, clope au bec et regard de velours, avant de se lancer pour de bon. Ses doigts mouillés firent capoter ses premiers essais.

Elle avait un air d'adolescente essayant sa première cigarette. À l'échelle de sa vie chez les humains, tout était découverte. Pourtant la sirène était là avant Leonard Cohen, avant Patti Smith, avant Walt Whitman, avant Johnny Cash (le chanteur, pas le chat), avant June Carter, avant Jésus (le Christ, pas le joueur de football brésilien), avant les hommes, avant les femmes. Quand tout était silence, sous l'eau comme à la surface. Lula était là avant tout ça. Lula avait presque toujours été là.

Depuis huit mille ans, sa grande mission était le jardinage des coraux. C'était la fleuriste du corail, elle organisait les bouquets. Elle cassait les branches pourries avec ses dents pour qu'il puisse repousser, veillait à ce que les poissons clowns puissent s'y réfugier. Elle creusait les terriers des murènes, avec beaucoup d'eau et un peu d'électricité. Au printemps, elle récupérait les œufs de tortue égarés sur la plage au milieu de la nuit, les couvait contre son ventre, puis disparaissait avant le lever du jour. L'âge venant, elle supportait plus difficilement de se séparer de l'œuf.

Le timing entre la flamme du briquet et l'inspiration de Lula était optimal. La cigarette s'alluma. La sirène imitait à la perfection la gestuelle de Rossy. Les yeux mi-clos, elle tira une bouffée. Une sirène dans une baignoire, avec sa queue endiamantée posé sur le robinet, qui fume sa cigarette. L'expression parfaite du « panache », ce mot que Rossy venait de lui apprendre.

Soudain, Lula se mit à tousser avec la violence d'un sac de plâtre balancé contre un mur. Ses yeux s'écarquillaient, sa respiration s'accélérait. Elle s'étouffait. Elle avait échappé aux dieux, aux hommes odieux, aux dinosaures, aux volcans sous-marins, aux filets électrifiés, à la quille d'un voilier qui lui avait cogné la tête en plein sommeil ou aux hélices des bateaux à moteur qui l'avaient souvent mutilée. Toute une éternité pour finir sa vie dans une baignoire en s'étouffant avec une clope. Un peu de fumée sortait des deux côtés de son cou. Ses branchies faisaient fonction d'aération, mais cela ne suffisait pas. La sirène suffoquait, perdait ses forces. Elle laissa tomber sa cigarette sur le tapis de bain, qui s'embrasa aussitôt.

22

Gaspard faisait passer les fleurs à Henri pour l'aider à composer ses fameux Flowerburgers.

– Toi, mon vieux, t'as un truc qui déconne dans le ciboulot. Tu peux me parler, tu sais..., lança Henri avec son air de Belmondo perdu dans un western.

Gaspard resta concentré sur son bouquet de capucines et releva légèrement la tête.

– Excuse. Mais qu'est-ce que tu ferais si... s'il t'arrivait un truc extraordinaire et... que tu ne pouvais en parler à personne ?

– Je commencerais par en parler à mon copain Henri... Extraordinaire en bien ou en mal ?

– Juste extraordinaire.

Dans la salle de bain, de gros nuages de fumée noire s'amoncelaient. Les flammes commençaient à prendre sur la porte. Lula suffoquait. Et plus elle suffoquait, plus elle paniquait. Les branchies au bas de son cou sifflaient comme une bouilloire.

Gaspard était nerveux. Il savait qu'il devait garder son secret pour protéger l'étrange créature qui créchait dans sa baignoire. Il savait aussi qu'il avait manqué à l'appel hier soir et il s'en voulait. Camille vint s'asseoir à côté de lui.

Ils restèrent un moment silencieux. Père et fils. La même façon de poser la moitié de l'avant-bras sur le comptoir, la même façon de pencher légèrement la tête à gauche, les épaules en arrière et le buste bien droit, conquérant.

– Je fais que des conneries en ce moment… J'ai perdu le *Livre des Surprisiers.*

Son père l'observa, sans reproche.

– C'est un signe, passe à autre chose !

Gaspard se recroquevilla un peu.

– Tu te rends compte de ce que tu dis, papa ? Il y avait des poèmes de Sylvia écrits à la main.

– Tu es capable de beaucoup de choses, mon petit, mais tu es un sous-doué du deuil.

– C'est sûr que face à un surdoué comme toi, je peux pas lutter.

– La question est de savoir comment lutter, justement… Toi, une femme te quitte, tu t'interdis l'amour.

Ton bateau prend l'eau, tu t'interdis de rentrer au port. Tu as un problème avec l'échec.

– Et toi, tu as un problème avec le panache. C'est grave comme problème.

– Le panache, mon petit, c'est accepter l'échec et rebondir. Pas fuir la réalité. C'est ça, l'esprit des Surprisiers ! On s'en fiche, du livre.

Gaspard regarda son père. Il ne le comprenait pas. Il l'aimait, mais il ne le comprenait pas. Il aurait voulu lui dire qu'il écrivait la suite de leur aventure sur les pages blanches du carnet, ainsi que les textes des nouvelles chansons qu'il jouait sur la scène du Flowerburger. Lui dire que l'imagination n'était pas qu'une bulle de savon décorative, mais qu'elle était son identité, leur identité.

Son téléphone sonna, interrompant un silence de western entre le père et le fils. C'était Rossy. Il n'avait pas très envie de répondre, mais elle n'était pas du genre à lui téléphoner. Dans le doute, il décrocha.

– Dépêchez-vous, il y a le feu chez vous !

Gaspard sauta dans « son » tuk-tuk. L'accélération des événements lui avait presque fait oublier qu'il devrait un jour rendre ce joli tacot troqué un peu sèchement contre une paire de rollers. Il traversa Paris sur la voie de bus et même parfois la piste cyclable, tout en dérapage.

Il pila devant son appartement, manquant d'emboutir un Vélib' abandonné. Un camion de pompiers était garé juste à côté. Des hommes en tenue finissaient de ranger leurs tuyaux. Comme dans les films catastrophe ou sur les chaînes d'info quand un désastre a vraiment eu lieu. Rossy, tout en chignon et nuisette d'un autre temps, parlait avec les pompiers. Gaspard galopa dans l'escalier, avalant les marches trois par trois.

Dans l'appartelier, le chef des pompiers piétinait involontairement le tombereau de jouets brûlés qui jonchaient le sol. Il avait de faux airs de Robert Mitchum, avec sa fossette sur le menton et ses épaules de cow-boy. Il crut entendre une voix à travers la fumée. Une minuscule voix qui chantait une mélodie. La mélodie. Il s'avança prudemment. Rien, hormis des entrelacs de fumée blanche.

– Chef, ça va ?

– J'ai l'impression que la fumée… chante !

– Faut vous reposer, chef !

Il se retourna et découvrit Gaspard qui arrivait, le souffle court.

– Vous avez de la chance, pour un peu, c'était tout l'immeuble qui brûlait.

Il reprenait sa posture de chef, mais ne put s'empêcher de penser à cette voix entendue à travers la fumée. Elle résonnait dans sa tête.

– Faites attention quand vous éteignez vos cigarettes. Ou alors arrêtez de fumer !

– Mais je ne fume pas !

Le chef pompier regarda Gaspard dans les yeux, puis tourna les talons. Quelque chose l'effrayait, il ne savait pas quoi, mais il voulait quitter les lieux le plus vite possible.

Les pompiers descendirent avec leur harnachement, laissant Gaspard seul dans ce qui ne ressemblait plus vraiment à son appartement.

Le chat sortit en miaulant de sous un siège de cinéma noirci. Avec les poils calcinés jusqu'au bout des cils, Johnny Cash commençait à ressembler à Robert Smith époque « A Forest ». Il vint se frotter contre la jambe de Gaspard qui le prit dans ses bras, sans trop oser caresser la boule de suie. Tout autour, des figurines défigurées et des vinyles fondus comme des plaquettes de chocolat au soleil. Son piano aussi avait fondu, les dièses et les bémols coulaient sur le plancher.

Il se précipita dans la salle de bain. La baignoire était vide, le tapis de bain devenu un fantôme de tapis de bain. Ne restait plus que la chambre. Le lit avait partiellement survécu, le poster de Johnny Cash se décollait du mur. Et toujours pas de Lula.

Soudain, une mélodie. La mélodie. À peine audible.

Gaspard souleva la couette, personne. L'extrémité de sa nageoire étincelante dépassait de sous le sommier. Se jetant à plat ventre, Gaspard découvrit Lula recroquevillée sous le lit, terrorisée.

Il l'aida à sortir en la tirant doucement par les mains. Ses écailles diffractèrent la lumière dans toute la chambre. La sirène tremblait de peur et respirait par à-coups, mais le feu ne l'avait pas atteinte. Gaspard souffla de soulagement et tenta de reprendre ses esprits.

23

Étendue sur les draps, Lula le regardait d'un regard coupable. Elle laissa échapper une miniature de hoquet. Avec son tee-shirt Johnny Cash trop grand et la moitié du corps comme un lustre de l'hôtel Majestic, avec ses yeux de saphir couverts d'interminables cils et cette façon de se mordre la lèvre quand elle réfléchissait.

– Qu'est-ce qui s'est passé ? demanda Gaspard.

La peur ne la quittait pas. Comme si l'incendie menaçait de s'embraser à nouveau.

– Je vous avais dit qu'il fallait me ramener à l'eau.

Alors, Gaspard comprit que Lula était responsable de l'incendie.

– Je suis désolée.

Ce petit « je suis désolée » de chouette effraie n'eut aucun effet sur lui. Sa colère monta comme peuvent monter les blancs en neige, mais en accéléré. Après le soulagement de la voir saine et sauve, il réalisait qu'elle avait détruit son appartement. Son refuge et une partie de ses souvenirs les plus précieux.

– Désolée ? Vous êtes désolée ? Mais c'est pas possible, ça ! L'autre, je lui mets *La Petite Sirène*, tranquille, je pars… et je reviens, tout a cramé !

Lula le fixait. Ses yeux semblaient avoir perdu leur pouvoir hypnotique. Ne restait qu'un regard de petite fille qui s'était assise sur le bouton « tremblement de terre ».

Quelqu'un sonna à la porte. Gaspard hésita un instant, mais la sonnette retentit encore, insistante. Les nerfs à vif, il décida d'aller ouvrir.

C'était Rossy, qui tirait nerveusement sur sa cigarette.

– Ça va, pas trop de dégâts ?

– C'est pas le moment, Rossy.

– Si vous avez besoin d'aide…

– Je n'ai pas besoin d'aide.

Gaspard ferma la porte pour couper court à la discussion.

Il retourna dans le salon et se mit à ranger tel un automate maniaque. Il prenait les petits jouets calcinés un à un et les replaçait sur leurs étagères. Exactement comme s'il ne s'était rien passé. Les disques qui n'avaient pas fondu étaient voilés. Il se saisit de l'un de ses préférés, *New Skin for the Old Ceremony* de Leonard Cohen, et le posa sur la platine. Rien que le geste de poser le diamant sur le vinyle le réconfortait. Ce grésillement de pinède juste avant la grande musique. Leonard

Cohen le réconfortait, même sur un disque voilé qui donnait l'impression que le chanteur n'avait plus de piles.

Sur le lit, Lula était terrorisée par la voix tremblante. Les arpèges mélancoliques de « Who by Fire » lui faisaient monter les larmes. Une perle se forma au coin de son œil gauche, puis une deuxième au niveau de son œil droit. Elles se détachèrent et rebondirent sur le parquet. On aurait dit un collier cassé. Elle se souvenait d'un pêcheur qui lui faisait écouter des chansons tristes pour qu'elle pleure des perles rares. Elle pleura encore plus en y repensant. En quelques minutes, le sol était couvert de ces précieuses larmes.

Une heure plus tard, Gaspard s'accorda une pause. Assis au milieu des décombres, le principe de réalité lui sauta au visage. C'était un désastre. L'appartelier était méconnaissable. Les murs carbonisés jusqu'au plafond, les jouets fabriqués par les Surprisiers anéantis, son armée de Kinder décimée par les flammes et une odeur de four mal nettoyé. Lula avait détruit son trésor.

Le voice-o-graph se tenait droit au milieu des décombres. Gaspard se réfugia quelques minutes à l'intérieur. Il se saisit de sa vieille guitare folk. Une Kalamazoo, pas une grande marque, pas très chère, mais ce son de blues râpeux qu'il aimait par-dessus tout. Il était très attaché à cette guitare, il l'aimait comme on aime un vieux rafiot. Même en pleine tempête, il pouvait compter sur ce vieux bout de bois. Gaspard avait composé toutes ses chansons avec, et notamment celles qui lui avaient permis de ne pas se noyer après sa rupture. Gaspard tenta un accord, il obtint un son sourd, mort et faux. Un ours s'asseyant sur une contrebasse n'aurait pas fait mieux. Il essaya de la réaccorder et la corde de *ré* lui claqua entre les doigts. Puis celle de *la*, comme ça, toute seule. Le manche était tordu. Les flammes avaient déformé la caisse en plus de l'avoir noircie. De rage, Gaspard la fracassa sur le plancher.

Le son d'un instrument qui se brise vous arrache le cœur. C'est un des plus tristes bruits de l'histoire des bruits.

Le fracas du bois fit sursauter Lula. Ses branchies étaient si desséchées que sa peau et ses écailles commençaient à perdre leur éclat. Elle toussait de plus en plus. En s'échappant de la salle de bain, elle avait arraché son pansement. Du sang bleu tachait les draps. La peur la tenaillait, comme face à Victor sur le parking des urgences puis face à Gaspard quand il l'avait déposée dans la baignoire. Instinctivement, recourir à sa mélodie mortelle lui traversa l'esprit. Elle se retint.

Gaspard entra dans la chambre et, sans rien expliquer, la prit sur son épaule comme un sac de pommes de terre. En sortant, son pied glissa sur une perle et il manqua de s'étaler.

Quelques secondes plus tard il toquait chez Rossy, qui ouvrit sa porte plus vite que son ombre.

– Vous vouliez m'aider ?

– Oui, bien sûr !

– Vous avez une baignoire ?

– À peu près la même que la vôtre…

Gaspard installa Lula dans la baignoire de Rossy, fit couler l'eau en vérifiant la température.

– Vous pouvez fermer la salle de bain à clé ?

– Oui.

– Elle ne doit surtout pas sortir.

– Vous pouvez compter sur moi ! répondit-elle en s'allumant une cigarette.

– Merci beaucoup, Rossy… Deux, trois problèmes urgents à régler, ensuite je la ramène à l'eau et on n'en parle plus ! lâcha Gaspard en quittant la pièce sans se retourner.

Rossy se demandait pourquoi Gaspard parlait de « la remettre à l'eau ».

– Vous êtes tout pâle, ça va aller ?

– Oui, ça va, ça va.

Lula le regarda disparaître derrière la porte. Une émotion nouvelle l'envahissait. Elle ne savait pas exactement d'où elle venait et comment s'en défaire. Ses battements de cœur frappaient contre ses tempes et son souffle se faisait court.

Gaspard poussa la porte de feu son appartement. Sa main remontait mécaniquement vers son cœur. La douleur sourde s'amplifiait, une sensation de poids sur la poitrine. Il suffoquait. Et si Lula avait dit vrai ? se demanda-t-il.

En entrant dans sa chambre, il roula sur une perle et chuta violemment sur le dos. Johnny Cash regarda son maître allongé sur le sol en miaulant. Sa gamelle était vide. « J'ai faim ! » disait-il en langage de chat.

Gaspard se releva en grimaçant. Il ramassa les larmes de Lula avec un balai et une pelle pour les jeter à la poubelle. Le chat le suivait en reproduisant exactement le même miaulement toutes les dix secondes.

Il reprit progressivement ses esprits en nourrissant Johnny Cash. Le chat enfourna sa truffe de peluche avant même que les croquettes ne touchent le fond de sa gamelle. Le sol était couvert de mystérieuses perles. Une fois repu, le chat se mit à jouer au flipper avec. Il bondit, souffla, donna coup de patte sur coup de patte.

Gaspard s'allongea un instant sur son lit. Le parfum iodé de Lula avait imprégné les draps. Une écaille perdue étincelait sur l'oreiller. Il sentit son cœur se serrer. Son meilleur ennemi semblait de retour. Avec ses lumières aveuglantes et ses picotements dans le ventre. L'amour ! Cette joie acide qui réveillait les fantômes en chantant. Loin des amourettes en flammèches qu'on éteint avec les doigts. Le grand feu, celui qu'on allume à la Saint-Jean et qu'il faut traverser en sautant dans la nuit.

L'amour réclamait un nouveau duel et cette fois, Gaspard n'avait plus d'autre choix que de l'affronter.

24

Pierre entra dans le bureau de Milena et vint déposer le journal du jour sous ses yeux.

– Vous avez vu ?

Milena découvrit le gros titre « Une sirène à Paris ? ».

Et en sous-titre : « Plusieurs témoins disent avoir observé une créature mi-femme, mi-poisson dans la Seine. »

– Mi-poison, oui…, répondit-elle, sonnée.

Le monde se dérobait une nouvelle fois sous les pieds de Milena. Depuis la mort de son père, elle ne jurait que par l'explication. La justification. Descartes était son dieu. Une sirène. Ça n'existe pas, les sirènes. Cette pensée gouttait tel un robinet d'acide sur ses nerfs.

L'ironie du mauvais sort frappait encore. Comme si l'amante de son père était revenue dans le corps de cette créature empoisonnée. Elle ne pensait plus qu'à ça : se venger de cette femme, quelle que soit la couleur de son sang. Le vague à larmes l'ensevelissait.

Pourtant, par instants, apparaissait une éclaircie. Le souvenir de son père avant les catastrophes, ce sens de la joie qu'elle avait retrouvé chez Victor sans trop se l'avouer. La légèreté. La bifurcation que son destin aurait pu prendre la hantait. Un fantôme de douceur possible.

Une voix à peine audible lui soufflait de remonter à bord de la vie. La voix de Victor. Laisser le temps faire son affaire, élever l'enfant. Accepter d'effectuer un travail de rééducation à la joie. Elle captait encore sa fréquence, puis tout s'éteignait.

25

« *You better run ! You better run ! You better run, to the City of Refuge.* » Ces vers de Nick Cave le hantaient. Mais Gaspard refusait d'écouter, de s'écouter. Quelque chose l'aimantait de l'autre côté de la cloison. Au-delà de la raison. Un sort. Noir brillant.

Il se dressa sur ses jambes cotonneuses et se précipita chez Rossy.

– Comment elle va ? demanda-t-il, essayant de masquer son essoufflement.

– Elle vient de se réveiller…

Gaspard entra dans la salle de bain, Rossy ferma la porte discrètement.

Ses seins étaient la plus petite constellation jamais recensée : deux étoiles. Elle était beaucoup trop belle. « Tu traînes ton cercueil en laisse ! Il te paraît lourd parce que tu as déjà un pied dedans ! » soufflait sa conscience. Il l'entendait, clairement. Et le son se réverbérait contre les parois de son crâne. Son cœur crachait des pétales de rose ensanglantés qui bouchaient ses artères. « Fais-en une chanson, un livre ou prends une bonne douche d'eau glacée mais tire-toi de là ! » sifflait la voix. Il en avait des acouphènes.

Lula ouvrit ses paupières, ses cils-éventails donnaient un ballet flamenco.

– Je suis désolée…

– Je sais.

– Et le cœur, ça brûle pas trop ?

– Moins que l'appartement.

– Il ne vous reste plus qu'un jour…

– C'est à vous qu'il ne reste plus qu'un jour… Comment va votre blessure ?

– Ça tire encore un peu, mais ça va beaucoup mieux ! affirma-t-elle. (Sa nageoire fuyait comme un vieux robinet.) Et, surtout… euh. J'ai. J'ai arrêté de fumer ! ponctua-t-elle d'un hoquet.

Elle mentait mal, ses blagues étaient foireuses et son hoquet lui donnait des airs d'alcoolique. Irrésistible.

Ils échangèrent un regard. Gaspard mobilisa toutes ses forces raisonnables pour reprendre ses esprits. « Qu'il est mignon, ce diable ! Regarde-le creuser ta tombe avec sa pelle et son seau », ricanait sa conscience.

– Je vais vous ramener maintenant. Comme ça, tout ira bien pour tout le monde.

Lula bougea légèrement la tête pour acquiescer.

L'histoire se terminait. Fini le joli geôlier, avec ses poissons immangeables, ses colères homériques et sa tendresse d'enfant maladroit. Pour la première fois de sa si longue vie, la sirène ressentait ce picotement étrange. Elle le réalisait clairement, Gaspard allait lui manquer. Cet homme qui n'avait pas essayé de la manger mais qui lui avait donné à manger. Il s'était occupé d'elle. Il n'avait rien demandé. Pas de coups de harpon impromptus, ou autres gestes déplacés. Elle n'avait pas ressenti cette sensation depuis des millénaires.

Lula fixa Gaspard comme si elle photographiait un souvenir.

Un long silence envahit la salle de bain de Rossy.

– Bon..., lança-t-il pour débloquer le temps suspendu. Qu'est-ce que vous voulez faire pour vos dernières heures à Paris ?

– Manger un parisian fish ?

– Rossy est allée vous en chercher un, répondit Gaspard, fier d'avoir anticipé le désir de Lula. Autre chose ?

Elle réfléchit un instant en se mordant les lèvres. L'idée d'un baiser traversa l'esprit de Gaspard. Il ne pouvait s'empêcher de regarder ce fruit vivant qu'était sa bouche.

– Écouter une chanson du crooner de salle de bain.

– On va faire mieux que ça ! s'empétilla Gaspard. On va l'enregistrer ensemble...

Lula applaudit doucement et remua la nageoire.

– On va faire un disque !

– Un disque ?

– Oui, il faut faire un disque quand on a une voix comme la vôtre !

– Ah oui ?

– Ça va être mortel, vous allez voir !

Lula le regarda avec la même expression perplexe que lorsqu'elle avait goûté le poisson pané.

Gaspard retrouvait l'élan créatif source de vie. Ce pour quoi Sylvia lui avait confié le *Livre secret des Surprisiers*. Il l'avait perdu entre-temps ? Il en écrirait un nouveau ! Il s'apprêtait à enregistrer une chanson avec une sirène ! Ce rêve symbolique que les héros de son panthéon personnel Serge Gainsbourg, Lee Hazlewood, Nick Cave ou Johnny Cash ont passé leur vie à poursuivre. Cette quête homérique : chanter en duo avec des sirènes. Gaspard n'avait ni Brigitte Bardot, ni Nancy Sinatra, Jane Birkin, June Carter, PJ Harvey ou Kylie Minogue. Il avait mieux que tout, une véritable sirène. Avec des écailles en saphir et une voix qui brise le cœur dès les premières notes, au sens propre. Il risquait de mourir avant la fin de la chanson mais à ce moment précis, rien n'était plus important que de l'enregistrer.

Gaspard s'illuminait. La joie l'inondait si fort que son cœur le brûlait. Les démons de l'enthousiasme étaient en train de reprendre le contrôle.

Il s'installa dans le voice-o-graph avec Lula sur les genoux. Ça sentait le brûlé mais la machine fonctionnait encore. Gaspard introduisit les pièces qui permettaient de déclencher l'enregistrement. Il communiquait son trac joyeux à Lula. Elle captait ses émotions au moment exact où il les ressentait. La sirène s'étonnait elle-même de recevoir si distinctement ces signaux mais elle se laissait porter.

« Enregistrement dans trente secondes ! » dit une voix robotique façon dictée magique[1]. Tout se passait comme dans un photomaton, à la différence près qu'on photographiait la musique.

Gaspard peinait à accorder son ukulélé, Lula lui chantait chaque note pour l'y aider.

« Enregistrement dans quinze secondes ! »

La sirène était accrochée à son cou comme une amoureuse adolescente, elle ne le quittait pas des yeux.

« 5-4-3-2-1 RECORDING ! »

Gaspard improvisa quelques accords de swing hawaïen, Lula battait le rythme en frappant doucement la cloison de la cabine avec sa nageoire. Il entonna : « Ô ma sirène de salle de bain, dompteuse de canards en

1. Dictée magique : jouet orange des années 80 permettant d'apprendre le français avec un professeur invisible à voix de robot (utilisé par E.T. en personne pour contacter ses congénères).

plastique, il faudra bien que tu m'expliques pourquoi je me sens si bien. » Lula dodelinait de la tête en souriant et, sur la même mélodie, lui répondit : « Tu es en train de tomber amoureux de moi comme tous les hommes avant toi qui ont entendu ma voix. » Gaspard l'écoutait, tout en restant concentré sur son ukulélé. « Oh ma petite Lula, si tu savais comment je me suis fait briser l'hiver dernier, je ne ressens plus de joie, les émois et moi… je suis immunisé. »

Moment de silence, comme si, après ce mot, Gaspard avait perdu l'inspiration, qu'il s'était bloqué. Alors Lula prit le relais, et sur le canevas de sa mortelle mélodie, elle enchaîna « Mon cher Gaspard, joli Gaspard, je suis une sirène, sirène, sirène. Prends garde à toi, prends garde à moi avant qu'il ne soit trop tard pour toi, trop tard pour moi… » Gaspard était hypnotisé par la voix de Lula mais résistait, arpégeant la mélodie de la valse tueuse au ukulélé.

La petite lumière indiquant la fin de l'enregistrement clignota. Un bras métallique emmena le disque qui venait d'être gravé pour le déposer à l'extérieur de la machine.

Gaspard sortit de la cabine avec Lula dans les bras. « Cela ressemble de si près à un baiser », pensa-t-il. Lula entendit sa pensée, mais ne comprenait pas vraiment le mot « baiser ».

« Tchok ! » La machine expulsa le disque comme les

photos dans un photomaton. Gaspard le déposa entre les mains de la sirène qui ne savait pas trop quoi en faire.

– C'est mortel, non ?

– C'est ce que je crains, oui…, répondit Lula.

Tout à coup, Gaspard fut pris de vertige. Comme une crise de sommeil euphorique. Il manqua de peu de s'écrouler et Lula avec, mais il se reprit, aussi dignement que possible.

– Qu'est-ce qui vous arrive ?

– Rien, rien… J'ai dû glisser sur une bille. Il y a des billes partout, je ne sais pas d'où elles sortent.

– Vous, vous êtes en train de tomber amoureux de moi !

– Alors là, pas du tout !

Gaspard laissa échapper un petit rire nerveux. Et puisant dans ses ressources, il fit tourner Lula autour de lui en mimant une valse.

– Vous venez de cramer mon appart, je vous rappelle. Et en plus, vous n'êtes pas du tout mon style.

Il continuait à la faire danser en fredonnant la mélodie qu'ils venaient d'enregistrer.

Gaspard s'épuisait à force de faire danser Lula à bout de bras. Il s'assit sur un de ses sièges de cinéma à moitié brûlés, la sirène blottie contre sa poitrine. L'idée du baiser le transperça en douceur pour la deuxième fois en un quart d'heure.

Lula creusa dans ses pensées en mordillant ses lèvres.

– Ça fait comment, l'amour ?

– Ça fait comme la joie…

Il prit quelques secondes pour réfléchir et ajouta :

– Mais ça pique.

– Ça… pique ?

– Ça pique !

26

Milena se démenait pour soigner un patient en plein délire. Un gars muni d'épaules solides et d'une fossette au menton qui répétait en boucle : « J'avais l'impression que la fumée chantait... Cette voix... Je n'ai jamais rien entendu de plus beau que cette voix. » Il ferma les yeux et répéta la même phrase, encore et encore.

– Où ça ? Où est-ce que vous avez entendu cette voix ? lui demanda-t-elle en le secouant. Répondez-moi !

Un infirmier s'interposa.

– Eh ! Doucement !

Les yeux du patient clignèrent une nouvelle fois avant de se fermer. Milena se dégagea de l'étreinte en soufflant d'agacement. Puis elle se retourna lentement vers l'infirmier, le pointa avec son index et, sans le quitter des yeux, lui asséna : « Toi, doucement ! Vraiment, tout doucement. » Milena continua de le fixer, jusqu'à ce qu'il baisse les yeux.

*

Gaspard posa le disque sur sa platine vinyle. Il n'avait plus ressenti cette joie simple et ludique depuis longtemps.

Lula avait du mal à reconnaître sa voix, c'était la première fois qu'elle l'entendait autrement qu'en chantant.

– On va faire tout un album ! *Une sirène à Paris*, ça s'appellera…

Gaspard parlait en réfléchissant, faisant les cent pas. Cette idée le surexcitait. Le sapin de Noël abandonné sur les trottoirs de janvier qu'il avait été se rallumait, ses aiguilles repoussaient.

– Vous vous rendez compte que ça pourrait sauver le Flowerburger ?

Lula fit mine de ne jamais avoir entendu parler du fameux bateau.

– C'est une péniche qui appartenait à ma grand-mère. Et c'est aussi le secret le mieux gardé de Paris, dit Gaspard, fier de son mystère.

– Un secret ?

Tout à coup, l'œil de Gaspard s'illumina si fort qu'il avait l'air d'un fou.

– Je vous propose un deal ?

– Un deal ?

– Je vous emmène au Flowerburger, ça fait pas un très gros détour et à minuit pile, quoi qu'il arrive, je vous remets à l'eau.

– Vraiment ? répondit-elle avec ses sourcils froncés de circonspection.

– Oui, puisqu'on est sûrs qu'on se sépare à minuit... On ne risque rien ! Ce sera un peu comme notre fête de séparation. Une lune de miel mais inversée.

Quelque chose picotait dans le ventre de Lula. Juste à l'endroit où la peau devient écailles. Une nouvelle sensation. La douleur de sa blessure pouvait-elle irradier jusque-là ?

Gaspard frappa à la porte de Rossy, jouant à celui qui n'était pas aussi joyeux qu'il en avait l'air.

– Rossy, excusez-moi, mais est-ce que vous auriez une robe à me prêter ?

– Je ne suis pas sûre d'en avoir une à votre taille !

Rossy ouvrit son armoire-caverne d'Ali Baba. On aurait dit que toutes les pin-up du Paris des années 50 lui avaient légué leurs robes. Lula en choisit une en lamé bleu, avec un jupon de tulle assorti à sa nageoire.

Rossy passa son fer dans la crinière de la sirène pour la faire boucler. Gaspard observait la métamorphose du coin de l'œil. Un trait d'eyeliner plus tard, on aurait dit Lauren Bacall.

Pendant ce temps à l'hôpital, Milena traversait les couloirs d'un pas si rapide que le biologiste devait recourir à une petite foulée pour parvenir à la suivre.

– Je vais la retrouver. Et je vous garantis qu'on va bouffer du poisson grillé plusieurs jours d'affilée.

Effrayé par la folie qui semblait gagner Milena, le biologiste essoufflé essayait de faire bonne figure.

– Ah, ça tombe bien parce que moi, le poisson, j'adore ça. Toutes sortes de poissons, le loup, la sole, la dorade… Hum, la dorade ! Et même les sardines, quoi qu'on en dise, les sardines c'est vraiment bon je trouve.

Milena n'écoutait pas le prêche pro-sardine du biologiste. Elle n'écoutait rien d'autre qu'elle-même. Son appétit de vengeance avait canalisé sa colère. Plus rien ne pouvait l'arrêter. Elle retrouverait la créature qui avait causé la mort de Victor et s'il le fallait, elle la tuerait de ses propres mains.

27

La nuit tombait sur Paris. Les peintres de crépuscule avaient fait du bon boulot : les ocres explosaient sur les quais humides, les nuages éventrés saignaient le long du fleuve. L'un d'eux, accroché aux aiguilles des horloges du quai d'Orsay, s'effilochait comme une pelote de laine. Le vent les retricotait, avec ses façons de vieille folle, jamais la même forme, jamais la même taille.

Gaspard portait Lula dans ses bras. Sa nageoire étincelante dépassait à peine de sa longue robe. Le jupon de tulle lui donnait des airs de flocon de neige aux yeux bleus.

Lula s'émerveillait d'un rien. Un feu passant au vert, provoquant le départ simultané de toutes les voitures. Elle s'imaginait ça dans l'océan, tous les poissons qui attendent qu'un rocher change de couleur pour avoir le droit d'avancer.

Lula sentait que Gaspard mettait du cœur à l'ouvrage pour lui faire plaisir et elle voulait lui rendre la pareille.

À minuit, elle serait dans le fleuve et si sa blessure ne la ralentissait pas trop, elle aurait retrouvé son cher océan avant l'aube. Mais plus elle tentait d'être raisonnable, plus la mélancolie l'envahissait.

Gaspard, kamikaze prévenant, humidifiait le visage de Lula à l'aide d'un vaporisateur d'une main tout en tenant le volant du tuk-tuk de l'autre. En moins d'un kilomètre, il avait vidé la moitié d'une bouteille. Lui aussi s'était mis sur son trente et un, costume trois pièces, nœud papillon. Tout était gaieté, vitesse et douceur.

Demain, il faudra retourner à la vie normale. Ne pas avoir de sirène à sauver et retrouver le propriétaire de ce véhicule qui ne lui appartenait pas. S'engueuler avec son père quant à l'avenir du Flowerburger. Gaspard chassa ces idées grises en garant le tacot magique sur le quai où était accostée la péniche. Personne n'avait transformé le tuk-tuk en carrosse, mais Gaspard s'était tout de même débrouillé pour installer une sirène sur la banquette arrière. La question de la chaussure oubliée, elle, ne se posait pas.

Gaspard ouvrit la porte et découvrit quelques écailles sur le siège. Il l'avait entendue toussoter pendant le voyage mais elle soutenait qu'elle allait bien, que ce n'était rien. Ils avaient tous les deux terriblement envie d'aller bien.

– Attendez-moi un instant…

Gaspard disparut dans la péniche et revint avec un fauteuil de bureau à roulettes pour y installer confortablement Lula.

– Mademoiselle…, sourit-il en imitant un Anglais imitant un Français.

Lula passa à côté de la blague mais comprit qu'il y en avait une et sourit. Leur complicité se ramifiait en accéléré. Si tout se passait bien, il leur restait trois heures à vivre ensemble.

Il la poussa vers l'intérieur du restaurant. Bien qu'elle tentât de la cacher, sa nageoire dépassait toujours légèrement à l'extrémité de sa robe. Comme un petit miracle. Ils passèrent devant un panneau « À VENDRE », affiché à l'entrée de la péniche, mais Gaspard était trop concentré sur le pilotage du fauteuil pour le remarquer.

– Les fantômes de mes souvenirs sont accoudés au comptoir, dit fièrement Gaspard à l'hôtesse d'accueil.

Cette dernière dirigea le couple vers la porte dérobée. Il porta fauteuil et sirène à bout de bras dans l'escalier en pensant à quel point il serait terrible qu'il se casse la gueule, là, maintenant. Le fauteuil qui dégringolerait les marches, Lula qui tourneboulerait et s'étalerait en bas sous les regards ébahis des clients du bar. Affalée comme une pauvre truite arc-en-ciel pêchée dans un étang d'élevage.

Lula découvrit avec une certaine émotion le fief des Surprisiers. Tout était comme ce que lui avait raconté Rossy.

Sur scène, les Barberettes électrisaient la salle. Camille se démenait pour satisfaire la clientèle, effectuant un tour de cartes par-ci, faisant apparaître un oiseau par-là. Gaspard aimait voir son père faire des tours de magie comme à la grande époque. La crue baissait, mais les gens continuaient de vouloir la prendre en photo. La cale du Flowerburger était bondée.

Camille aperçut Gaspard et son visage s'assombrit. Il s'excusa auprès d'un client et fonça vers son fils.

– Tu me plantes et t'arrives là comme une fleur dans un burger, lança-t-il ironiquement.

– Écoute, ce soir, exceptionnellement, je te demande…

Découvrant la sublime créature au bras de Gaspard, Camille se transforma en un autre Camille.

– Putain, une cantatrice handicapée, je suis fier de toi, mon fils ! lui glissa-t-il à l'oreille.

Lula dodelinait sur son siège, déstabilisée par la vue de tous ces humains dans la même pièce. Au moindre problème, elle se mettrait à chanter sa mortelle mélodie, se disait-elle.

Camille claqua dans ses mains. Henri surgit comme il savait surgir, plus rapide qu'un renard de conte de fées.

– Donne la meilleure table à Gaspard et sa dame.

– Mais il y a…

– Débrouille-toi !

Gaspard était embarrassé, et Lula sur le point de défaillir. Il sortit son brumisateur et vaporisa le visage de la sirène. Laquelle y prenait un tel plaisir que c'en devenait presque érotique. L'embarras de Gaspard ne faisait que croître, surtout en présence de son inénarrable père.

– Alors ? Il présente pas son vieux papa ?

Camille réalisa un de ses tours de passe-passe favoris, faire apparaître un bouquet de roses. Gaspard l'avait vu faire des dizaines de fois. Il réservait ce tour aux femmes qu'il trouvait désirables. C'était comme ce vieux tonton qui raconte toujours la même blague un peu lourdingue mais qu'on aime bien quand même. Lula accepta poliment le bouquet, et se mit à croquer les fleurs.

– Mmm… Très bon ! ajouta-t-elle pour faire plaisir au père de Gaspard.

En quelques secondes, elle avait défoncé le bouquet. Camille la regarda avec surprise puis se mit à applaudir.

– Aaaah ! Je ne connaissais pas ce tour, fantastique !

Et à nouveau à l'oreille de Gaspard et avec toujours aussi peu de discrétion :

– Elle est formidable, hein ! Tu vois, quand tu veux !

Henri vint poser deux cocktails sur la table.

– Deux Pêche à la truite en Amérique, deux ! La spécialité de la maison !

Gaspard n'attendait qu'une chose, être enfin tranquille avec Lula. Depuis deux jours, il s'était habitué à ne l'avoir que pour lui. Le chrono tournait, il savait qu'il lui restait peu de temps.

Lula siffla son cocktail à la vitesse de la lumière.

– Waouh ! C'est ce qu'on appelle une descente olympique. Kitzbühel[1] ! s'exclama Gaspard en sifflant son cocktail à son tour pour refaire son retard.

– Kiss bull ! s'exclama Lula.

– Vous êtes drôle, vous. Vous êtes une gentille.

– J'ai essayé de vous tuer, et vous me traitez de gentille ?

– Vous êtes gentille de me prévenir.

L'ivresse dévissait tranquillement les boulons de leurs consciences respectives. Encotonnait l'esprit sans abîmer la pensée, libérait les émotions. Gaspard et Lula flottaient dans leur bulle. Chaque millilitre de sourire, de rire, de regard valait de l'or. Le cœur de Gaspard s'en remplissait à vue d'œil. Ce cimetière abandonné couvert de toiles d'araignée se transformait en caverne d'Ali Baba.

Tels deux mauvais génies, Camille et Henri apparurent soudainement les bras chargés de bouteilles de champagne et d'une énorme piñata en forme de cœur qu'ils installèrent au-dessus de la tête de Lula.

1. Descente olympique, mais de ski.

– Tradition familiale oblige. Avant toute chose, regardons ce qu'il y a à l'intérieur du cœur de Lula.

– Papa…

– Tu ne vas tout de même pas t'opposer à la plus vieille tradition des Surprisiers ?

Lula frappa dans ses petites mains et sa nageoire faisait des bruits de claquettes contre le sol.

Gaspard accepta le bâton tendu par Henri et lui donna en échange le disque qu'il venait d'enregistrer. Ils s'offraient souvent des disques à exemplaire unique. Poèmes, messages téléphoniques, secrets… Camille banda les yeux de Gaspard et lui fit faire sept tours sur lui-même, comme la tradition voulait.

– Vas-y ! Mets-y tout ton cœur !

Armé de son bâton, Gaspard frappa dans le vent sous les « olé » de la foule. Henri qui tenait la piñata le plus haut possible au-dessus de Lula glissa discrètement à Camille :

– S'il lui met un coup de bâton en pleine tête, elle va lui faire la gueule toute la soirée.

Soudain, Gaspard toucha le cœur. Il tourna sur lui-même, à un petit mètre au-dessus de Lula. Un deuxième coup plus violent éventra la piñata qui commença à saigner des confettis. La poussière d'or tombait doucement sur les cheveux et les épaules de Lula. Une nouvelle série de coups eut raison du cœur en carton.

– Pluie de confettis égale temps ralenti ! s'exclama Camille.

Il voulait que Lula l'aime tout de suite. Que ce soit gagné pour toujours. Que son fils aille mieux comme par magie.

Gaspard ôta son bandeau pour assister à la fin du spectacle. Les yeux fermés, Lula souriait sous le déluge de poussière d'or. S'il avait pu inventer une machine à arrêter le temps, il l'aurait utilisée maintenant. Henri prit une photo, ce qui revenait presque au même.

– Elle a bon cœur, ta cantatrice, tu peux voler amoureux tranquillement, mon fils, éructa Camille, tout à sa joie.

Dans moins de deux heures, Gaspard conduirait le tuk-tuk jusqu'à l'endroit où il avait trouvé celle qu'il appelait alors le poisson-fille. Il la porterait, descendrait l'escalier en pierre et, une fois sur le quai, ouvrirait doucement ses bras pour la laisser retourner d'où elle venait.

Lula attrapa la bouteille de champagne par le goulot, la porta au bord de ses lèvres et la but tout entière sans s'arrêter, en fixant Gaspard.

– Kiiiiiiiisssss buuuuuuuuuuull ! lâcha-t-elle en explosant la bouteille vide sur la table, sous le regard médusé de l'assistance.

Ils riaient. Et à chaque fois qu'ils riaient, leur complicité augmentait.

– À force de me retrouver piégée dans les filets des

pêcheurs... une fois qu'ils avaient terminé leur crise cardiaque, je finissais leur alcool.

Elle lui parlait en agitant un tesson de bouteille sous son nez.

– Et il n'y a jamais eu de... survivants ?

– Jamais... J'ai été pourchassée toute ma vie. Depuis la nuit des temps, les hommes en ont toujours voulu à notre peau.

– Notre peau ? Comment ça, notre peau ?!

– Ils faisaient des bijoux avec nos écailles, des harpes avec nos cheveux qu'ils vendaient après le spectacle.

– Quel spectacle ?

– Ils nous enfermaient dans des cages sur la plage de ce qu'ils appelaient « l'île aux Sirènes ». Nous étions une dizaine. Ils faisaient payer pour nous montrer. Des gens débarquaient par bateaux entiers. On devait chanter et se tortiller devant eux. Ils nous jetaient des poissons morts que l'on devait attraper au vol. Ma mère ne faisait jamais de vagues tant qu'ils ne s'en prenaient qu'à elle. Puis ils s'en sont pris à moi.

– Qu'est-ce qui s'est passé ?

– Tous les matins, ils prélevaient nos écailles. Lorsqu'ils le faisaient délicatement, ce n'était pas trop douloureux. Mais le capitaine en voulait toujours plus car les bijoux se vendaient très bien. Il taillait toujours plus profond et un jour, il m'a transpercé la nageoire. Mon sang coulait, partout. Mais il continuait, j'avais beau me débattre et crier, il ne pouvait plus s'arrêter d'enfoncer son couteau. Ma mère est devenue folle, elle s'est jetée sur lui et l'a mordu jusqu'au sang. Il s'est retourné et l'a poignardée en plein cœur. Je l'ai vue mourir. Puis ils l'ont sortie de la cage et l'ont dépecée jusqu'à la dernière écaille. Sous mes yeux.

– Et qu'est-ce qui vous est arrivé ensuite ?

– Le désir de vengeance m'a envahie.

– Qu'est-ce que vous avez fait ?

– Une mélodie.

– Vous avez fait une mélodie ?

– Oui. Celle que j'utilise encore aujourd'hui pour me défendre. J'y ai mis toute ma rage, je voulais que les cœurs explosent en l'entendant. Je voulais que les hommes la trouvent suffisamment belle pour qu'ils ne s'en méfient pas. Je voulais qu'ils soient envoûtés et qu'ils en meurent. J'ai travaillé cette mélodie avec une ardeur que je ne me connaissais pas. Deux levers de soleil plus tard, elle était au point.

– Prends garde à toi, prends garde à moi avant qu'il ne soit trop tard pour toi, trop tard pour moi…, chanta Gaspard sur la fameuse mélodie qu'il connaissait par cœur.

– Exactement… Mon seul regret est de ne pas avoir appris à maîtriser cet art plus tôt. Mon seul regret est de ne pas avoir sauvé ma mère. Cette blessure ne cicatrisera jamais. Dès que j'approche de la surface, elle se rouvre. Depuis ce jour, je ne peux pas rester plus de deux levers de soleil loin des fonds sous-marins.

Lula reprit sa respiration mais ne lâcha pas une seule seconde le regard de Gaspard.

– Je suis la dernière des sirènes et ma voix est mon unique moyen de défense.

Gaspard était sonné. Il avait envie d'être du côté des sirènes. De devenir une sirène. Tout ce qui était censé les opposer les rapprochait. L'étau se resserrait en lui à mesure qu'il s'attachait à elle. Toutes sortes d'émotions contradictoires le traversaient. La honte d'être un homme se mêlait au désir qui montait.

Lula l'observait. Elle craignait qu'il succombe avant minuit. D'un instant à l'autre, il pouvait s'écrouler. Là, sous les yeux de son père. Depuis le meurtre de sa mère, le monde des hommes était devenu sa pire angoisse. Une prison. L'antichambre d'une mort certaine. Mais maintenant, elle ressentait plus de peur pour Gaspard que pour elle-même. Le picotement dans son ventre, lui, s'intensifiait.

L'un devenait la drogue de l'autre.

– Et vous en avez tué combien, alors, des marins ? enchaîna Gaspard, faussement léger.

Lula se plongea dans ses souvenirs, elle comptait sur les doigts de la main droite, un doigt par mort. Toute la main. Puis la main gauche. Puis à nouveau la main droite et encore la main gauche et ce de plus en plus rapidement.

– Quarante-trois, quarante-quatre…

– Ah oui, quand même.

Il ne quittait plus sa bouche des yeux. Un tsunami aurait pu emporter le Flowerburger. L'important, c'étaient les deux tranches d'orange sanguine qui s'animaient devant lui.

– C'est marrant, c'est à peu près le même nombre d'amoureuses que j'ai eues. Quarante-trois ou quarante-quatre.

– Ah oui, quand même !

– Quand même, oui !

L'horloge du Flowerburger indiquait 23 heures. Gaspard avait l'impression qu'elle était déréglée, il ne pouvait pas être déjà si tard.

– Je suis tellement contente de ne vous faire aucun effet ! proclama Lula.

Gaspard laissa échapper un sourire. Sa timidité revenait par à-coups, comme des crises.

– C'est la plus belle déclaration de non-amour qu'on m'ait jamais faite.

Ils trinquèrent à coups de bouteilles de champagne.

28

Milena longeait les quais à la recherche du Flowerburger. *Livre des Surprisiers* à la main, elle examinait chaque péniche. Une étrange pensée lui traversa l'esprit : ce livre aurait peut-être plu à Victor. Il écrivait pendant ses pauses cigarette. Le parking était son bureau de poète. Un carnet noir traînait dans le fond de sa poche avec son stéthoscope. Haïku, poèmes, aphorismes. « Conneries », comme il les appelait. Il avait sans doute écrit la dernière quelques minutes avant de croiser cette créature. « Le ciel est la salle de bain d'un dieu bordélique qui laisse traîner ses cotons partout. »

Milena pila net. La péniche qu'elle avait identifiée dans le livre se dressait face à elle grandeur nature. Son taux d'adrénaline monta d'un cran.

Sur scène, les musiciens commençaient à plier leurs instruments. La soirée touchait à sa fin. Henri, qui passait toujours quelques vinyles pour clore les débats, posa innocemment le disque que lui avait offert Gaspard sur la platine.

Le diamant se posa sur le vinyle dans un craquement de feu. La mélopée hawaïenne se mit à envahir la cale : « Ô ma sirène de salle de bain, dompteuse de canards en plastique… »

– C'est nous, ça ! s'exclama Lula.

– Oui ! répondit Gaspard, aussi heureux que fier.

Il prit Lula dans ses bras, Lula enroula sa nageoire autour de sa taille. Sa robe laissait apparaître ses écailles qui renvoyaient la lumière façon boule à facettes portative.

Ils donnaient l'impression d'avoir arrêté le temps pour de bon. Ils se soufflaient les paroles de leur chanson, chuchotaient. Les fantômes du Flowerburger hantaient si discrètement les lieux qu'on aurait dit des rideaux.

Lula posa sa tête sur l'épaule de Gaspard et les feux d'artifice coincés dans son cœur explosèrent en silence. Ça se voyait dans ses yeux, ça s'entendait dans sa voix. La nageoire ondulait, les écailles se dressaient. Leurs effleurements auraient pu faire tourner une centrale électrique.

Milena entra dans la péniche et découvrit le restaurant. Seule l'hôtesse d'accueil était en poste, le service semblait terminé. Quelques clients finissaient leur assiette dans une ambiance décontractée, loin des fêtes homériques relatées dans l'étrange livre qu'elle avait trouvé. Milena restait perplexe. Si l'extérieur de la péniche correspondait parfaitement au dessin, l'intérieur, lui, n'avait rien en commun. Milena plongeait le nez dans le carnet secret comme dans un mode d'emploi. Entre deux bruits de vaisselle et de caisse enregistreuse, elle entendit une mélodie. Quelque chose d'étrange et beau qui semblait sortir du sol. Elle l'avait déjà entendue quelque part, mais était incapable de se souvenir où et quand.

Dans la cale, le refrain battait son plein. Lula chantait à l'unisson du disque. Un essaim de papillons cognaient dans son ventre. Leurs ailes se caressaient. Peut-être avait-elle trop bu, essayait-elle de se convaincre.

– Personne n'est mort ! lâcha Gaspard. Serait-ce la fin de votre sortilège ?

– La voix et la mélodie ne sont que mes outils. Pour transpercer un cœur, il faut de l'intention. Et quand je chante avec vous, mes intentions sont bonnes… Enfin, à part le premier jour, ajouta-t-elle tristement.

Juste au-dessus de leurs têtes, Milena feuilletait le précieux livre, jusqu'à ce qu'elle tombe sur la « Chanson mot de passe ». Une phrase sonnait comme le refrain de ce poème : « Les fantômes de mes souvenirs sont accoudés au comptoir. » Milena chuchota la phrase et l'hôtesse d'accueil l'entendit la prononcer.

– C'est par ici ! lui dit-elle en indiquant le passage secret.

Dans la cale, le disque se terminait. Henri enchaîna sur la chanson de Robert Mitchum « Tic, Tic, Tic » pour « rester dans l'ambiance sirène et compagnie », annonça-t-il au micro.

Milena pénétra le cœur du Flowerburger avec le livre des Surprisiers sous le bras. Sa crinière de fée en colère rebondissait entre ses reins, ses très grands yeux noisette s'écarquillaient. Son passage le long du comptoir provoqua une épidémie de torticolis. « Tic, Tic, Tic », faisait la chanson. « Tic-tac tic-tac », faisait l'horloge du temps. Il était 23 h 30.

Henri préparait le prochain disque qu'il allait jouer. Il hésitait entre « This Land Is Your Land » de Woody Guthrie et « So Lonesome I Could Cry » de Hank Williams. Il manipulait ses disques avec ce flegme si particulier qui le plaçait à équidistance entre un Jean-Paul Belmondo cow-boy et un petit rongeur aux yeux éternellement étonnés de type mulot. Il leva les yeux sur Milena. Elle lui fit penser à une mandarine. Ces Chinoises qui ont l'odeur de Noël.

– Que puis-je faire pour vous, mademoiselle ?

Elle lui tendit la main. Plusieurs feuilles de son cœur d'artichaut prirent feu d'un seul coup.

– Milena.

– Milena ? Escalope Milena ?

– Quoi ?

– Ah non, pardon, je vous ai prise pour quelqu'un

d'autre, lança-t-il pour se rattraper de l'inefficacité de sa blague. Son humour était un générateur de peaux de banane sur lesquelles il se cassait très souvent la gueule.

– Connaîtriez-vous le propriétaire de ce livre ? demanda-t-elle en montrant le *Livre des Surprisiers*.

– Ah oui, c'est mon meilleur ami ! Il doit être sur la piste de danse…

Milena se retourna lentement.

– Où ça ?

Henri leva la tête, plissa les yeux et enfila ses lunettes. Milena trouva qu'il avait la même façon d'enfiler ses lunettes que Victor.

– Ah ! ben, il est parti, c'est dommage… C'est toute sa vie ce livre ! Il s'en voulait tellement de l'avoir perdu, merci pour lui ! Vous allez lui faire une sacrée belle surprise…

– Pourriez-vous me donner son adresse ?

– Oui, bien sûr, mais si vous préférez, laissez-le-moi et je vous promets qu'il l'aura demain.

– Écoutez, je serais heureuse de le lui remettre en main propre, si cela ne vous dérange pas !

– Oh, non, bien sûr ! Il habite au 10, rue de la Bûcherie, juste à côté de la librairie Shakespeare and Co.

Milena disparut dans les arcanes du Flowerburger sans prendre le temps de remercier son hôte. Henri haussa les épaules et porta finalement son choix musical sur « So Lonesome I Could Cry ».

Gaspard portait avec difficulté Lula sur le quai. De loin, on aurait dit un voleur de bijoux ivre. La lune se rapprochait, nimbait les rues de lumière en poudre. Il installa la sirène sur la banquette arrière du tuk-tuk et manqua de peu de la découper en filets en lui fermant la portière sur la queue. Lula pointa du doigt le panneau « À vendre ».

– L'intérieur de votre cœur… Il est à vendre !

Gaspard se retourna dans un élan de fougue adolescente et s'empara du panneau pour le balancer à la flotte.

– Plus à vendre ! s'écria-t-il.

Lula applaudissait en faisant claquer ses mains en même temps que le bout de ses nageoires. Ce petit truc avait le don de rendre Gaspard dingue de joie.

– Il nous reste une demi-heure.

– Alors allez-y, surprenez-moi ! C'est votre spécialité, non ?

Gaspard démarra le tuk-tuk en trombe.

29

Le frêle carrosse flottait à travers les étoiles. Gaspard pilotait, son copilote riait de ce rire que personne ne pourra jamais reproduire. Le rideau de nuit faisait glisser son velours sur l'asphalte. Un simple gravier prenait des allures de pierre précieuse.

La joie qui envahissait Gaspard lui rappelait des souvenirs et les lui faisait oublier en même temps. Celle qui envahissait Lula était neuve. Une joie de première fois. Elle, l'adolescente de six mille ans.

L'amour était en train de défoncer les restes de la carapace de Gaspard. Il éclosait en lui-même, explosait. Lui qui s'était tant appliqué à naviguer sans s'éloigner des côtes reprenait le grand large. Les yeux écarquillés face au tumulte.

AMOUR ! AMOUR ! AMOUR ! Oh comme ça clignotait en plein cœur ! Tremblement de terre dans les genoux. Partout ! Il était de retour, l'amour. Il n'était pas grand, il était colossal. Écrasait le doute entre ses dents, concassait la peur et la rendait goûtue. Gaspard revenait au pays des vivants. Et voici Lula ! Belle comme une armée de nymphes venue désosser sa carapace avec sa naïveté féroce. Elle l'avait réveillé, révélé et peu importe s'il devait mourir demain.

Camille avait raison. Gaspard détestait que son père puisse avoir raison, mais il avait raison et c'est exactement ce qui était fou. Qu'est-ce qu'un Surprisier qui ne vibre pas à l'amour ? Un théoricien !

Il était de retour au cœur de la bataille, au cœur ! Les étoiles se décollaient du ciel et s'explosaient sur le pare-brise. Derrière, les grains de beauté de la sirène constellaient sa peau, de son cou à sa poitrine. « On dirait un cookie », se dit-il en grillant son troisième feu rouge.

Alors que Gaspard et Lula s'efforçaient de jouer aux arrêteurs de temps, le tic-tac du réel continuait sa course. Milena était déjà sur le chemin de l'appartelier. Lula masquait sa toux comme elle pouvait, de nouvelles écailles s'effritaient contre le siège. Gaspard ignorait la douleur lancinante qui remontait son bras gauche. Il était pilote de tacocarrosse avec une sirène à son bord. Une sensation d'invincibilité joyeuse l'envahissait. Il gara le tuk-tuk derrière le Trocadéro, la tour Eiffel s'illumina avec sa dégaine de bouteille de champagne électrique. Lula pourrait la boire, se dit Gaspard. Elle pourrait boire toutes les lumières de la ville !

Il sortit son coquelicophone[1]. Il joua quelques notes de leur chanson pour amuser Lula. La sirène approcha son visage de l'instrument et souffla le contre-chant. Leurs bouches n'étaient plus séparées que par l'épaisseur de deux harmonicas.

Jamais leurs lèvres ne se touchèrent, mais musicalement, ils s'embrassaient. Des pensées érotiques commençaient à traverser l'esprit de Gaspard. Ce n'était pas la première fois depuis quelques heures mais jusque-là, il les chassait chastement de son cerveau. Maintenant, il prenait plaisir à les laisser s'installer.

De son côté, Lula avait l'impression d'avoir attrapé une sorte de grippe magique. Elle découvrait de nouveaux symptômes. Une envie de manger la bouche de quelqu'un d'autre sans le mordre, l'envie de chanter sans tuer. Des fourmis le long de la nageoire et des crises de sourires bloqués. Une forme de doute la gagnait, le plus agréable des doutes. Ses écailles clignotaient comme la guirlande d'un Noël fêté dans l'espace. Sa machine à fabriquer l'amour se retournait contre elle mais cela ne la tuait en rien. Au contraire, Lula se sentait vivre et vibrer de toute part. Elle devenait la corde d'un instrument qui

1. Le coquelicophone est une fleur métallique de couleur rouge, dont les quatre pétales sont autant d'harmonicas accordés différemment.

changeait de tonalité. Elle se transformait. Les polarités s'inversaient, elle avait chaud et froid dans le désordre.

Gaspard avait lu dans le *Livre des Surprisiers* qu'il existait un passage secret pour accéder clandestinement à l'Aquarium de Paris de nuit. Les cambriolages de raies mantas et autres requins-marteaux n'étant pas très courants, il n'y avait pas de système d'alarme. Dans le parking, derrière l'ascenseur du quatrième sous-sol, se trouvait une cage d'escalier. Une simple sortie de secours du parking reliée à une autre sortie de secours, de l'aquarium cette fois. Une fois là-bas, il ne restait plus qu'à pousser la porte.

Alors, on pouvait marcher seul sous les mers, en silence. Être Jules Verne pendant plusieurs heures d'affilée sans être dérangé. Un champ de méduses ondulait sous les néons, il y pleuvait des bancs de caranges à gueule de mafioso. Les hippocampes translucides ressemblaient de si près à des créatures de contes de fées qu'on aurait pu les croire irréelles.

Gaspard portait Lula dans ses bras et elle s'endormait comme une enfant. Une enfant qui aurait confondu le jus de fruits avec du champagne. Il la promenait dans le spectaculaire tunnel où les requins vous glissent au-dessus de la tête. C'était un des plus beaux aquariums au monde.

Il montrait chaque poisson à Lula, qui faisait mine de s'enthousiasmer de ce qu'elle prenait pour un océan de pacotille. Elle était cette Italienne en vacances à Paris invitée par son ami dans un restaurant italien. Au menu, spaghettis bolognaise, sauf qu'en Italie, ce plat n'existe pas vraiment.

– Merci, Gaspard. Vous êtes le meilleur Surprisier que je connaisse.

– Vous en connaissez d'autres ?

– Non, mais vous êtes le meilleur... et de loin ! sourit-elle.

Observer les poissons nager tout en étant coincée de l'autre côté de la vitre lui donnait des pulsions d'envie de retourner chez elle. Loin. Seule. En silence. Laisser le temps se dissoudre entre les variantes de bleu. Ses sens le réclamaient.

Gaspard le sentait. L'ordre des choses était-il en train de se remettre inexorablement en place ? Entre la tête et le cœur de Lula, les polarités continuaient de s'inverser, l'appel des fonds marins représentait désormais le retour à la réalité. Tous ses repères se disloquaient. Ses écailles se chargeaient en électricité. Chaque sourire augmentait son voltage. Son corps s'illuminait, éclairant les couloirs de l'aquarium jusqu'au plus profond du bassin.

– Est-ce qu'il est tard ? demanda Lula dans un soupir nostalgique.

– Si tard que même les hiboux ont les yeux explosés.

– Il faut rentrer, non ?

– Vous ne voulez pas vous baigner ?

– Me baigner ?

Gaspard désigna la plate-forme qui permettait d'accéder à l'aquarium principal.

– *Will you dive for me ?* chantonna-t-elle.

– *I will die for you !* répondit-il, comme dans une comédie musicale d'un autre temps.

Lula retira sa robe avec l'empressement d'une gamine et plongea dans l'océan miniature. Tout à coup, elle ne dépareillait plus. Sa maladresse se transformait en grâce. Il s'agissait presque d'une nouvelle créature. Elle ondulait, tournait sur elle-même. À la surface, Gaspard était pris de vertiges. Il sentit qu'il n'était plus à sa place. La joie se mêlait à la mélancolie. La surface de l'eau était le miroir de ce qui les séparait. Jusqu'ici, ils n'avaient eu qu'une baignoire, un tuk-tuk ou la cale d'un bateau pour tenter de s'ébattre. Maintenant, ils se retrouvaient au pied du lit. Ce n'était pas encore chez elle, c'était plutôt comme une chambre d'hôtel. Cinq étoiles de mer. La montée de l'escalier, supposée être le fameux « meilleur moment », était extraordinairement interminable. La demoiselle habitait au centième étage, juste au-dessus du septième ciel.

Gaspard retira ses chaussures, les déposa au bord de la plate-forme et plongea. Un requin croisa au-dessus de sa tête, une raie manta volait sous ses pieds, l'eau entrait dans ses vêtements et le transformait en baudruche. Rapidement, il manqua d'air.

Lula le rejoignit sous l'eau et le guida, dans ce qui ressemblait à une chorégraphie entre une déesse et le Bibendum de Michelin. La sirène l'attirait vers les profondeurs. Il jeta un œil à la surface qui s'éloignait. Ses membres s'alourdissaient de seconde en seconde. Son énergie s'évaporait, mais il ne paniquait pas. Au contraire, il se laissait aller à un étrange sentiment de bien-être. Tout ralentissait. Constellations d'étoiles de mer dans la tête et bulles de champagne à la place des globules. Tout était onctuosité. Lula s'enroulait autour de lui, dansait dans le ciel ralenti. Il s'accrochait à l'eau. Lula l'encourageait, soufflait des ailes dans son cou. Il volait. Amoureux. Il volait en éclats délicieux dans ses bras, dans ses yeux. Il faisait bleu, tellement bleu qu'on pouvait se noyer pour toujours.

« L'amour », souffla le cœur.

« Le manque d'oxygène », siffla le cerveau. Mais il ne pouvait plus s'empêcher de suivre Lula, toujours plus bas. Sa cravate fine ressemblait à une anguille attachée autour de son cou. Lula ondulait autour de lui. Elle ne le quittait pas des yeux, elle lui souriait. Ses écailles concassaient les étoiles à travers le plafond, les reflets fabriquaient de l'or dans sa chevelure. Sa peau de sucre glace était plus appétissante que jamais. Ses seins comme les vestiges d'une cité à engloutir.

Gaspard effleurait ses écailles du bout des doigts, elles tressaillaient. Il déchiffrait la géographie de son corps. Tout était montagne, tout était cours d'eau. Une cascade, un volcan de nacre. Sa peau était plus douce que la plus douce des soies. L'eau qui entrait dans ses poumons n'éteignait pas l'intensité de son désir. Pire, elle l'accentuait.

La sirène approcha son visage, doucement. Caressa ses joues. Il passa ses doigts à travers le rideau d'or. Tout palpitait en lui, il aurait pu s'arracher le cœur pour le loger directement au creux de la poitrine de Lula. Elle l'aurait accepté, se serait arraché le sien et lui aurait rendu la pareille. Leurs lèvres entrèrent en collision, comme s'ils s'offraient chacun un bouquet de feux d'artifice. À la fin du baiser, Lula ouvrit les yeux et Gaspard était incapable de les fermer. Il venait de perdre connaissance.

Lula précipita sa bouche contre la sienne pour qu'il respire. Le corps de Gaspard s'alourdissait. Elle tenta de le ramener à la surface à la force de sa nageoire. La douleur de sa blessure revint tel un coup de poignard. S'il lui échappait, elle savait qu'il ne reviendrait jamais. Elle enroula son corps entier autour de lui tel un serpent voulant étouffer sa proie. Elle serra fort, pour que l'eau entre le moins vite possible dans sa bouche.

Enfin, Lula atteignit la surface. Elle porta le corps inanimé de Gaspard jusqu'à la plate-forme.

Il respirait faiblement, mais il respirait encore. La

sirène posa sa tête contre son cœur. Il battait vite et fort. Elle craignait pour sa vie. Elle mobilisa toute son énergie pour fouiller sa mémoire. Souvenirs de sensations d'avant la mort de sa mère, quand elle utilisait son chant pour soigner. Depuis la discussion avec Rossy, elle se souvenait qu'elle l'avait fait, mais pas encore comment elle le faisait. Il fallait retrouver la formule de l'antidote oubliée et vite, car la respiration de Gaspard commençait à s'espacer. Elle plongea en elle-même. Pleura. Rit. Pleura encore. Et tout à coup quelques notes s'échappèrent de l'orgue de ses branchies. Un souffle de cristal presque identique à celui qu'elle utilisait pour tuer, mais dans une tonalité différente. Plus de lumière dans l'accord et surtout, une intention ample et précise. Elle puisait, s'épuisait pour refabriquer le souffle de Gaspard. Elle pensait à lui, en lui, se mettait à sa place. Puis replongeait en elle, plus loin encore. Ressentir. Comprendre. Écouter au point de visualiser les notes justes et, plus important encore, l'intention.

Lula se mit à chanter dans le creux de l'oreille de Gaspard. Elle mobilisa toutes ses forces et les concentra dans son chant plusieurs heures durant. Tout l'amour qu'elle venait de découvrir, tout ce qui remplissait son cœur, elle donna tout.

30

La nuit remballait son matos de Noël, étoiles, lune et autres décorations du presque silence. Le grand orchestre symphonique des klaxons de Paris s'accordait à l'horizon. Quand il était petit, Gaspard rechignait à sortir de son lit, de peur d'oublier ses rêves. Sylvia lui racontait alors qu'un camion invisible passait chaque matin récupérer les rêves oubliés. Il les recyclait pour entretenir une base de données accessible à n'importe quel être humain, à n'importe quel moment de la journée. Il suffisait d'utiliser son imagination.

Ce fut sa première pensée lorsqu'il ouvrit les yeux et découvrit Lula à son chevet, qui lui chantait une berceuse inversée. Elle le réveillait en douceur, comme Sylvia avec son orgue de verres en cristal. Sa presque noyade s'était effacée de sa mémoire, seule la sensation de la danse emparfumait son esprit. Lula ressentait ce qu'il ressentait, comme s'ils avaient échangé leurs cœurs pour de bon. Les étincelles de désir, l'infini besoin de se blottir, la joie en geyser lorsque leurs regards se croisaient, elle captait tous les signaux, exactement comme si son propre cerveau les générait. Lorsqu'il riait, ses écailles s'irisaient et s'assortissaient à ses yeux. Gaspard nageait en apnée dans ce bleu tel l'homme-poisson qu'il tendait à devenir. Elle prenait tout. De ses douleurs lombaires à sa soif de Coca, tout la traversait. Il la hantait désormais, et elle était devenue sa drogue. Le moindre échange complice augmentait l'addiction.

De peur de le perdre, Lula avait surdosé le traitement. Les effets euphorisants étaient comparables au protoxyde d'azote, ce « gaz hilarant » utilisé dans les hôpitaux pour faciliter les gestes douloureux. Gaspard délirait, étourdi comme un poivrot mais en fleur. La félicité ludique. La connerie. L'envie de rire pour des choses pas tout à fait drôles et l'irrépressible besoin d'embrasser l'autre. Elle entendait les « Je suis là pour toi » qu'il ne parvenait pas à formuler. Les « Je t'aime » qu'il n'osait pas prononcer. Ses écailles scintillaient désormais comme la tour Eiffel. Pour rien au monde Gaspard n'aurait quitté cet instant, cet état de grâce. Il était en danger de mort.

– Oh, vous ! qu'est-ce que vous faites là ? aboya un gardien de sécurité de l'aquarium.

Lula plongea, sa nageoire pointa hors de l'eau quelques secondes avant de disparaître.

Gaspard se redressa doucement, il tenait une gueule

de bois dont même Pinocchio aurait pu revendiquer la paternité.

– Oh ! Il est sourd celui-là !

Pendant ce temps, l'aquarium ouvrait ses portes. Parisiens et touristes se massaient face au large mur d'eau pour observer le grand ballet aquatique. Quelle ne fut pas leur surprise lorsqu'ils découvrirent entre un banc de poissons-perroquets et deux dauphins en goguette la silhouette sur-gracieuse de la sirène. Tous les clients dégainèrent leurs appareils photo et smartphones pour se filmer avec le joli monstre en arrière-plan. Voir tous ces gens s'agiter devant elle dans un espace clos rappela à Lula la mort de sa mère. La lumière de sa nageoire se mit à clignoter, comme prise de faux contact.

– Il faut libérer Lula… Aidez-moi à la sortir de là ! dit Gaspard grimaçant, en essayant de se relever dans ses habits collants d'humidité.

– Qui ?

– Il y a quelqu'un dans l'aquarium… dans l'eau ! Il faut la sortir de l'eau.

Le gardien vint se pencher au-dessus du bassin et découvrit Lula, accrochée à son rocher. Le public s'agglutinait dangereusement contre la vitre pour essayer de la photographier.

– Mais qu'est-ce que c'est que ce truc ?

Lula entonnait férocement sa mélodie. La mélodie.

– Dites à tout le monde de se boucher les oreilles ! dit Gaspard au gardien.

– Quoi ?

– Bouchez-vous les oreilles, je vous dis !

Monsieur Ullmann, le directeur de l'aquarium, apparut derrière lui. Il portait un costume de marin à l'ancienne.

– Y se passe quoi ? Z'ont jamais vu le cul d'un dauphin ?

Monsieur Ullmann entendit le chant de Lula, qui redoublait d'intensité. Les vitres de l'aquarium crépitaient, les poissons se cachaient dans les coins.

– Qui chante comme ça ?

Le gardien, qui gardait les mains sur ses oreilles, ne répondit pas. Le directeur sortit une paire de lunettes de piscine de sa veste et plongea le visage dans l'eau. Il resta un long moment immergé, jusqu'à ce qu'il n'ait plus d'air pour respirer. Avec sa moustache collée sur le visage, on aurait dit Dalí.

– Elles existent… Elles existent vraiment… C'est comme si je l'avais toujours su, dit monsieur Ullmann. Cette voix… je n'ai jamais entendu quelque chose d'aussi beau que cette voix…

– Il faut m'aider à la sortir de là avant que ça dégénère ! asséna Gaspard.

– Raccompagnez ce monsieur dehors, voulez-vous.

Le directeur prit une grande inspiration avant de replonger la tête dans le bassin. Il ne pouvait plus quitter Lula des yeux.

Dans le public, des gens commençaient à faire des malaises.

Gaspard essaya d'échapper à l'étreinte du gardien et le menaça de son poing. On aurait dit un combat de boxe entre Monsieur Propre et Woody Allen.

– Ne la touchez pas ! lança-t-il.

L'adrénaline lui donnait une force nouvelle.

Un cri déchirant traversa le bâtiment. Les vitres de l'aquarium commencèrent à se lézarder. Les gens hurlaient. Monsieur Ullmann, impassible, enfilait ses palmes et sa ceinture de plomb. Gaspard luttait pour échapper à son agresseur. Les cris de Lula redoublèrent d'intensité et prirent la forme de « la mélodie ». Sa voix se dédoublait, brûlait d'accords plus sombres que jamais. La vitre craqua. Tout était fracas, partout.

Après un moment de sidération, les gens se précipitèrent vers la sortie. Le gardien lâcha le bras de Gaspard pour s'enfuir à son tour. Les gens tombaient, se marchaient les uns sur les autres. Gaspard galopait clopin-clopant vers la plate-forme. Monsieur Ullmann plongea vers Lula. Elle l'esquiva d'un coup de nageoire digne d'un passement de jambe de Kylian Mbappé et se dirigea vers la plate-forme. Gaspard tendit les bras pour la sortir de l'eau. L'eau commençait à gicler à travers la vitre. Il aida Lula à enfiler sa robe. Cette petite joie d'homme heureux au milieu du champ de bataille, remonter la fermeture éclair sans pincer la peau, ni les cheveux, ni les écailles. Le directeur se dirigea vers la plate-forme. Le temps qu'il retire ses palmes et son appareillage, Gaspard avait pris Lula dans ses bras et se dirigeait vers le passage secret.

Devant l'aquarium, plusieurs camions du SAMU stationnaient. Mobilisée alors qu'elle avait passé la nuit devant chez Gaspard, Milena faisait partie du personnel soignant. Elle interrogeait les blessés. L'un d'eux s'était fait empaler par sa perche à selfie au niveau du poumon droit, un autre expliquait qu'il n'avait jamais rien entendu de plus beau que cette voix et qu'il ressentait une douleur dans le bras gauche. Un troisième en jogging rouge expliquait « qu'il fallait pas exagérer, que ca valait pas Mariah Carey non plus, et que Mariah Carey, elle n'avait pas besoin de chanter seins nus pour attirer son public ni de se déguiser en sirène ou ce genre de conneries ». Mais lui aussi se plaignait de douleurs au thorax. Milena quitta discrètement son poste pour entrer dans l'aquarium.

Gaspard et Lula sortirent du parking du Trocadéro. C'était un petit matin semblable à beaucoup d'autres. Nuageux mais pas trop. C'en était presque rassurant ce semblant d'accalmie dans les décors. Quand soudain, un son de tremblement de terre se fit entendre à l'intérieur de l'aquarium. Effroyable. La vitre venait de céder. Une vague déferla sur le Trocadéro. Les gens recommencèrent à hurler et à courir dans tous les sens. La vague emportait tout sur son passage. Les civières filaient comme des surfs et provoquaient des accidents de voiture. Les poissons se cognaient aux réverbères, coinçaient leurs nageoires dans les arbres. Milena se sauva de la noyade en s'accrochant à un banc. Puis la vague finit par perdre sa force et le Trocadéro se retransforma en lui-même.

Gaspard et Lula roulaient en direction des quais. Derrière eux les poissons agonisaient sur les trottoirs. Les rats étaient de sortie, ils se disputaient l'étrange butin avec les pigeons.

– Ça va ?

– Oui… oui…, répondit Lula en vidant la dernière bouteille de vaporisateur sur son visage. Et vous ?

– Moi ? Impeccable…

– On avait dit minuit, non ?

Gaspard approuva d'un mouvement de tête.

Si de nuit le tuk-tuk avait de faux airs de carrosse, il ressemblait désormais à une voiture sans permis. La robe de Lula était humide et froissée. Ils avaient l'air de mariés bourrés échappés de leur propre mariage.

Gaspard ralentit lorsqu'il entra sur les quais, puis se gara à l'exact endroit où il avait trouvé Lula deux jours plus tôt.

Lula s'était régénérée en passant quelques heures dans l'eau de mer, mais plus les sentiments qu'elle ressentait envers Gaspard augmentaient, moins elle supportait l'idée qu'il puisse mourir à cause d'elle. L'effet qu'elle lui faisait le rendait de plus en plus incontrôlable, Lula n'était pas certaine qu'il résiste à une nouvelle charge de traitement amoureux.

– Quand même, c'est dommage que vous partiez maintenant. Parce que moi, j'étais immunisé.

Lula laissa échapper un sourire. Gaspard essaya de garder sa posture sérieuse.

– Mon cher Gaspard, joli Gaspard…, entonna-t-elle sur un ton doux et mélancolique à la fois. Je crois qu'il serait raisonnable de retourner d'où je viens maintenant…

Gaspard gardait les mains crispées sur le volant. Comme s'il s'accrochait physiquement à son idée. Sans tourner la tête, il répondit :

– Et si vous restiez avec moi ?

– Quoi ?

– Restez vivre ici, avec moi ! Je m'occuperai de vous.

– Oh, je sais… mais c'est de vous qu'il est question.

Gaspard ne lâchait pas le volant, le regard vissé dans le pare-brise.

– Vous savez ce qui vous attend…

La douche froide de Lula n'avait aucun effet sur Gaspard.

– Si ça devait arriver, je serais déjà mort mille fois, non ?

– Non. Ça peut encore arriver. Vous savez, je crois que c'est la première fois que je ressens ce… Je me sens… Je ressens…

– Ça pique ?

Gaspard passa sa main machinalement dans les cheveux de Lula, comme s'ils se connaissaient depuis quelques milliers d'années.

– Le risque est trop grand, je vous ai déjà beaucoup trop mis en danger.

– C'est vrai qu'en deux jours vous avez fait fort… Cramer mon appartelier, péter la vitre du plus bel aquarium de Paris… Vous allez pas me manquer, ça je vous le dis !

– Sérieusement…

– Je n'ai jamais été aussi sérieux de ma vie. Je ferais tout pour vous ! L'appartement, je vais le transformer en lagon. Je sais pas encore comment, mais je vais faire acheminer de l'eau de mer. Les gens font des piscines d'eau de mer, donc c'est possible.

– Gaspard…

– Et quand vous aurez le mal du pays, je vous emmènerai à l'océan. L'Indien, le Pacifique, l'Atlantique, celui que vous préférez ! J'apprendrai à plonger en bouteille, comme ça je pourrai vous accompagner plus longtemps. Vous me ferez découvrir votre monde derrière les barrières de corail... J'ai toujours rêvé de faire ça. Même avant de vous rencontrer !

Lula esquissa un léger mouvement épaule-tête entre le oui et le peut-être. L'enthousiasme de Gaspard lui brisait le cœur. Elle ressentait exactement ce que ressentait Gaspard, elle essayait de toutes ses forces de trouver le courage de lui dire non, mais elle n'y parvenait plus.

Gaspard démarra en faisant crisser les pneus, le demi-tour le plus rapide de l'histoire de la conduite en tuk-tuk. Quelques minutes plus tard, il s'arrêta devant une animalerie et en ressortit les bras remplis de paquets. Puis il recommença devant un magasin de jouets.

Lorsqu'il aimait quelqu'un, Gaspard faisait des crises de dons. Il pouvait se ruiner pour faire une surprise. Un effet secondaire de sa capacité à ressentir la joie plus fort que les autres. Son esprit fonctionnait comme le brûleur d'une montgolfière, il carburait à l'enthousiasme. Son cœur enflait, ses pieds décollaient du sol. Gaspard avait la faculté de se projeter haut et vite, au-dessus des nuages. Il se voyait déjà sur scène avec Lula. Elle, installée dans une baignoire transparente, médusant le public en chantant dans un micro en forme de pommeau de douche. Lui, assis sur le rebord avec son ukulélé dans un costume à paillettes bleutées assorti à la nageoire de Lula. Ils chantaient en duo, la lumière des écailles bleutait leur visage exactement comme si le concert avait lieu sur la lune.

Ils arrivèrent chez lui. Gaspard portait la sirène comme une mariée dans l'ascenseur trop petit. Cela leur rappela le premier jour, seulement une soixantaine d'heures auparavant. La notion de temps avait explosé. Chaque heure avait eu la densité d'une année.

Fidèle au poste derrière son œilleton, Rossy se réjouit de voir Gaspard et Lula rentrer ensemble.

31

Une odeur de fantôme brûlé s'échappait déjà sur le palier, et empira encore lorsque Gaspard ouvrit la porte. Pour accéder à la salle de bain, il fallait traverser le charnier de jouets fondus. Gaspard s'avança au milieu des décombres, concentré sur son objectif. Il ne remarqua pas le mot glissé sous sa porte. « Si la créature est encore avec vous, ramenez-la le plus vite possible à l'hôpital. C'est une question de vie ou de mort pour elle, pour vous et pour quiconque entendrait sa voix. »

Il déposa Lula dans la baignoire. La gorge de celle-ci se serra, mais elle fit en sorte de faire bonne figure. Retourner dans ce bac à légumes aquatique la déprimait. Le carrelage noirci de la salle de bain donnait l'impression d'être dans un four mal nettoyé.

Gaspard souriait, la puissance de sa joie semblait inaltérable désormais. Il fit couler l'eau du bain en vérifiant sa température et banda les yeux de Lula.

– Une piñata encore ? demanda Lula, que le

comportement démesurément joyeux de Gaspard inquiétait de plus en plus.

– Non, non ! Une autre surprise…

Quelques minutes plus tard, Le sol était recouvert de sable fin. Un ballon en forme de poisson-perroquet flottait dans les airs, des étoiles de mer en mousse pendaient au plafond, des palmiers en carton poussaient en bord de baignoire. Gaspard portait toujours son costume trois pièces froissé, mais il avait remplacé ses chaussures par une paire de palmes.

– C'est sûr que ça vaut pas une bonne vieille barrière de corail. Mais avec un peu d'imagination…

Lula sentit une larme se former au bord de sa paupière droite. Elle voyait la joie prendre corps dans chaque mouvement de Gaspard, elle la ressentait. Et plus elle la ressentait, plus elle se disait qu'il allait s'électrocuter avec. L'énergie augmentait sans cesse. Ses yeux étincelaient. C'était si bon et si beau à voir ! Mais elle savait qu'il ne tiendrait pas longtemps. Son état s'aggravait un peu plus chaque minute. Gaspard présentait des symptômes qu'elle connaissait beaucoup trop bien. Si elle restait, il ne lui survivrait pas.

– Vous savez ce qui me ferait très plaisir ?

– Dites-moi ! répondit-il du tac au tac.

– Du poisson. Un vrai poisson. Avec une queue, des

écailles et tout. Vous pensez que vous pourriez me trouver ça ?

Il accepta sa mission dans la seconde, porté par un souffle de joie neuf.

– Même s'il fallait que je braque un restaurant chinois avec un pistolet à eau, je vous trouverais du poisson. Laissez-moi un petit quart d'heure et je reviens ! lâcha-t-il en tournant les talons.

Rossy le regarda partir dans l'escalier en galopant. L'énergie de la spontanéité était de retour.

Gaspard redevenait intensément lui-même. Il écoutait son cœur. Ça faisait un bruit de train.

Lula observait sa blessure se résorber. Quant à ses écailles, elles n'avaient jamais été aussi étincelantes. Ce picotement dans son ventre. Cette inquiétude mêlée de joie. Elle savait exactement ce que c'était. Chaque minute et chaque pensée augmentaient le feu.

Gaspard se laissait envahir par des pensées douces concernant l'avenir. Ce mot qu'il avait banni. Même le plus vertigineux des rêves. Fonder une famille. Une telle pensée ne l'avait plus traversé depuis des années. Trop de temps passé à douter, à se fermer à la vie. La protection à l'excès ne lui ressemblait pas, il dormait mal dans son armure.

Il était temps d'assumer concrètement ses rêves. Les vivre, ici et maintenant, et répondre à la question du panache. Se surprendre, se suspendre au plus-que-présent. Retrouver l'équilibre funambule entre le futur et le passé. Arracher chaque seconde à l'éternité pour devenir suprêmement Surprisier. Devenir un arrêteur de temps. Transformer la réalité, du moins la sienne, au contact du rêve.

Lula l'avait fait remonter en selle. Cœur à cœur au galop ! Quitte à ne pas contrôler sa monture. Il sentait comme tout revenait. Le puzzle émotionnel se reconstituait. Alors il s'imaginait avoir des enfants champions de natation et déménager à Hawaï, pays des sirènes et de l'ukulélé. Traverser l'océan à bord du Flowerburger et faire naître une nouvelle génération de Surprisiers.

Lula l'entendait penser. Le temps d'un instant, elle s'autorisa à imaginer un œuf en train d'éclore. Un je-ne-sais-quoi magique qui pourrait ressembler à Gaspard et qui permettrait de continuer la lignée des sirènes. Elle s'entraînait plus ou moins consciemment à être mère depuis des centaines d'années mais pour la première fois, l'idée devenait concrète. Il n'était plus seulement question de ramener des œufs de tortues égarées sur la plage mais bel et bien de mettre au monde.

« Je crois en toi pour toujours », pensait Gaspard sur le chemin du retour vers l'appartelier. Quelques larmes tombèrent dans l'eau du bain, gouttes de lumière solides plic-ploquant à la surface.

Lula se reprit. Il ne lui restait qu'une petite dizaine de minutes pour sauver Gaspard en disparaissant de l'appartelier. En sa présence, elle n'y parviendrait jamais. Elle n'avait pas le choix. En tout cas, elle décida de ne pas se le donner.

Elle se mit à cogner le mur de la salle de bain mitoyenne à grands coups de nageoire. « Rossy ! Rossy ! Au secours ! Venez m'aider ! »

Devant le restaurant chinois, Gaspard patientait impatiemment. Il voulait retrouver sa sirène de salle de bain et la voir se régaler d'un bon poisson. Le reste du monde pouvait s'écrouler tranquillement sur ses mollets, plus rien n'avait d'importance.

Rossy débarqua en quelques secondes dans l'appartelier.

– Waouh ! fit elle en découvrant le nouveau décor. Ça vient du magasin où vous achetez vos déguisements de sirène, les étoiles de mer ? J'adore... Et alors ? Cette soirée au Flowerburger, c'était comment ? ajouta-t-elle, espiègle.

– Aidez-moi à m'enfuir !

– Vous avez encore mis le feu ?

– Non... Gaspard... Il est en grand danger... Il va mourir.

– Vous plaisantez, je l'ai vu passer dans l'escalier il y a cinq minutes, on aurait dit qu'il volait ! Ça faisait bien longtemps que je ne l'avais plus vu avec une telle énergie.

– C'est bien le problème… Si vous tenez à lui, aidez-moi à partir avant qu'il revienne… C'est une question de vie ou de mort !

Gaspard marchait dans la rue en sifflotant la mélodie de Lula, tout à sa joie. Le printemps bruissait en terrasses animées, le soleil n'écrasait pas encore la ville mais se contentait de la réchauffer.

Lorsqu'il atteignit le palier qu'il partageait avec Rossy, les portes des deux appartements étaient ouvertes.

32

Gaspard entra chez lui, avec son poisson et ses paquets de bonbons plein les bras. La porte de l'appartelier était ouverte. Sur le palier, Rossy discutait avec une femme tout en crinière. Un frisson de mauvais pressentiment lui traversa l'esprit.

Deux agents de la police scientifique fumaient leur clope à la fenêtre. Ils portaient leur tenue de cosmonaute un peu molle.

– Qu'est-ce que vous faites là ? Qu'est-ce qui se passe ? Rossy ?

Il se précipita vers la salle de bain, Lula n'y était plus. Un troisième homme relevait des empreintes sur la baignoire.

– Où est-elle ? cria-t-il.

La femme tout en crinière prit les devants.

– Bonjour, monsieur… Docteur Milena Ratched ! dit-elle, son regard planté dans le sien. Elle n'y est pour rien, votre voisine. Je prends la responsabilité de tout ce qui s'est passé. C'est moi qui vous ai retrouvé.

Milena sortit le *Livre secret des Surprisiers* de sa poche et le lui tendit. Gaspard récupéra le précieux objet.

– C'est pour votre bien, Gaspard, glissa Rossy en baissant les yeux.

– Où est Lula ?

– « Lula », comme vous l'appelez, est une tueuse. Sa voix est un poison mortel.

– Elle ne l'utilise que pour se défendre.

– Mais regardez-vous, mon pauvre vieux... Vous êtes complètement sous son emprise. Il ne doit pas vous rester très longtemps à vivre.

– Dites-moi où elle est !

– Hors d'état de nuire.

– Laissez-moi la ramener à l'eau, elle va mourir si elle ne retourne pas à l'eau.

– Pas faux ! Encore quelques heures et vous l'auriez retrouvée morte dans votre baignoire.

D'un coup, ses jambes se désolidarisèrent de son cerveau. Thorax, mâchoire, crâne. Tout était pris. Gaspard s'écroula comme s'il venait de prendre une balle en plein cœur. Sa tête gisait sur le parquet. On aurait dit un jouet cramé de plus sur le sol. Rossy cacha son visage entre ses mains, Milena posa les siennes sur ses hanches.

Pendant ce temps à l'hôpital, deux infirmiers installaient la sirène dans une chambre d'isolement. Ils portaient masque, charlotte, gants, sur-blouse et, surtout, boules Quies. Des patchs d'électrocardiogramme recouvraient le corps de Lula, un tensiomètre gonflait automatiquement autour de son bras toutes les dix minutes. Un appareil à contrôler la saturation du cœur était clippé au bout de l'index de sa main droite. Une aiguille lui rentrait dans le bras. Milena avait ordonné qu'on récupère le maximum de sang possible avant qu'elle ne meure. « Comprendre la toxicité de cette créature pour prévenir le risque de nouveaux cas. »

Lula s'affaiblissait à mesure que son sang remplissait la poche en plastique suspendue au-dessus de son lit. Sa peau s'asséchait et ses écailles perdaient leur éclat. Elle ne générait presque plus de lumière. Du bout des lèvres, elle se mit à chanter.

Dans l'ambulance, Gaspard reprenait connaissance, le chant de Lula l'avait réveillé à distance. Milena regarda Gaspard. Elle pensa à Victor qui chantait la même mélodie sur son lit de mort. L'empathie la gagnait. Elle se détestait de la ressentir. L'idée de soigner celui qui avait indirectement contaminé l'homme de sa vie lui donnait des haut-le-cœur.

L'ambulance se gara sur le parking devant l'entrée des urgences. Les brancardiers imposèrent à Gaspard de rester allongé. Lui voulait se lever. Marcher. Son cœur vibrait si fort que son corps avait du mal à suivre. Plus jamais il n'accepterait de ne plus être lui-même. Il se tromperait encore, il en crèverait peut-être mais il ne se laisserait plus jamais faire. Ni par lui, ni par son père, ni par personne. Semer la horde de briseurs de rêve et ne plus écouter que le doux galop d'un cœur qui s'emballe.

Milena entra dans la chambre de la sirène qui bleuissait à vue d'œil. L'électrocardiogramme produisait des sons de plus en plus inquiétants. La saignée avait été programmée pour ralentir ou s'arrêter en cas de risque mortel. Le voyant rouge se mit à clignoter et la centrifugeuse se bloqua sur-le-champ. Milena jeta un coup d'œil pour vérifier qu'elle était seule. Elle sortit une seringue de sa poche et piqua le bras de la sirène pour continuer à ponctionner son sang. Ce bleu diamantin passant de ses veines jusqu'aux tubes en plastique l'électrisait.

Alerté par l'arrêt de la machine, Pierre surgit.

– Qu'est-ce que vous faites ?

– Je prends un peu de sang avant qu'il ne soit trop tard. J'aimerais comprendre ce qu'elle a de si toxique.

– Mais vous avez vu dans quel état elle est ? On va la tuer si on lui prend encore du sang.

– Si elle meurt, elle meurt.

Pierre savait ce que traversait Milena mais il ne reconnaissait plus sa collègue. Quelque chose se transformait. Son chagrin avait pourri en elle.

Il tenta d'arracher la seringue de ses mains. Dans leur lutte, l'aiguille se planta dans le bras de Milena avant de se briser au sol. Elle regarda son avant-bras douloureux en grimaçant. Une goutte de sang bleu s'y mélangeait au sien.

– Sortez, s'il vous plaît ! lâcha-t-elle sous le coup de l'agacement et de la douleur.

– Je suis désolé.

– Je vous demande de sortir !

Pierre quitta la pièce en état de choc.

Milena se pencha au-dessus de Lula. Le bleu de ses écailles était en train de s'effacer. Son corps se changeait en bloc de plâtre. Sa respiration s'espaçait mais entre deux inspirations un souffle de mélodie s'échappait encore. Milena l'écoutait. Elle attendait que son cœur arrête de battre.

– Gaspard… Gaspard…, chuchotait Lula. Gaspard ? Est-ce qu'il va bien ?

– Son cœur est en train de lâcher, comme tous ceux que tu as approchés.

– Il n'y est pour rien.

– Victor non plus, il n'y était pour rien, comme tu dis. Il voulait juste te soigner.

L'endroit où Milena avait été piquée par la seringue virait au bleu et se tuméfiait. Une douleur sourde remontait dans le bras et lui enserrait la nuque.

Elle ressentit une démangeaison au niveau de la hanche. Elle se gratta presque inconsciemment, sans lâcher la sirène des yeux. Mais la démangeaison évolua rapidement vers une sensation de brûlure. Le stress, se disait-elle. Ce n'était qu'une manifestation du stress.

Mais la zone douloureuse augmentait. Toute la ceinture abdominale fulminait. Sous la peau, sur la peau.

Milena s'isola dans les toilettes et souleva sa blouse. Une plaque de cloques bleu nuit boursouflait son épiderme. Des cloques qui ressemblaient à des écailles. Sa foi en Descartes était mise à rude épreuve. Un zona bleu étincelant, ça n'existait pas. Elle, l'hypocondriaque transcendantale dont les peurs nourrissaient la folie, se retrouvait face au plus rare des diagnostics possibles : la contamination par sang de sirène. Ses écailles étaient exactement les mêmes que celles de la créature, cela ne faisait aucun doute.

Milena devint en un instant son propre protocole de soins. Elle était la seule et unique patiente, la numéro un. Elle imaginait l'inimaginable. Qu'allait-elle devenir ? Comment évoluerait la contamination ? Elle sentait au plus profond de ses entrailles qu'elle se transformait. Quant à l'enfant qui poussait dans son ventre, allait-il être impacté ? Tout était saut dans l'inconnu, tout était périlleux mais elle devait avancer, courir, sauter dans le vide et la nuit sans étoiles.

Elle retourna au pas de course dans la chambre de Lula, souhaitant de tout son cœur déformé qu'elle ne soit pas morte entre-temps. Mais une infirmière l'interpella dans le couloir.

– Milena… Une urgence pour vous !

– Ce n'est pas le moment… qu'est-ce que c'est ?

– Le professeur Delatour vous demande d'urgence.

Milena secoua la tête de dépit avant d'emboîter le pas à son infirmière.

Quelques mètres plus loin, Gaspard s'efforçait de quitter son lit avec sa dégaine de zombie en pyjama. Il détestait ces blouses d'hôpital, elles lui donnaient l'impression de s'habiller pour aller la morgue. Il arracha les patchs de l'électrocardiogramme un à un et les fit voler à travers la chambre comme des frisbees.

C'est alors qu'une infirmière entra sans frapper. Il fit mine de se recoucher. Cette infirmière portait d'énormes bigoudis sous sa charlotte. Des bigoudis gros comme des cages de hamster. Ses grands yeux écarquillés étaient incroyablement expressifs. Elle retira son masque et sourit de sa bouche bien maquillée, c'était Rossy !

Elle le serra si fort dans ses bras qu'il faillit s'étouffer. Rossy lui tendit un masque, une blouse et une charlotte.

– Allez !

Il s'habilla en accéléré avec l'aide de sa pétulante voisine et sortit de la chambre. Il marchait courbé, en rasant les murs. Rossy lui demanda de se comporter plus normalement pour éviter de se faire remarquer, c'était l'objectif du masque et de la blouse. Gaspard opina du chef et se redressa.

Ils entrèrent dans la bulle stérile de Lula sans encombre : Rossy avait obtenu la complicité de Pierre le biologiste, qui lui en avait indiqué le chemin et le numéro.

L'état de la sirène s'était encore aggravé. Elle perdait ses écailles comme un sapin de Noël ses épines au mois de janvier. On en trouvait sur son lit, sur le sol, partout. Mais lorsque Gaspard s'approcha, ses écailles se remirent à vibrionner.

Son cœur bondit dans sa cage thoracique, il voulut la prendre dans ses bras mais la joie fut stoppée net lorsqu'il réalisa qu'elle était inconsciente. Il débrancha la perfusion le plus délicatement possible avant de charger le corps sur un brancard. Ils le couvrirent d'un de ces atroces draps couleur urine de l'hôpital et se dirigèrent le plus discrètement possible vers la sortie. Lui claudiquant avec sa blouse trop grande et elle avec sa couronne de bigoudis explosant sa charlotte trop étroite.

Lorsqu'ils atteignirent la sortie des urgences, Milena entrait dans le bureau du professeur.

– Vous vouliez me voir.

– Oui, asseyez-vous…

– Je suis sur un cas un peu tendu à l'isolement, il ne faut pas que je tarde…

– Oui, je sais bien. Mais j'aurais dû vous obliger à rester chez vous. Vous devez vous reposer un peu et prendre le recul nécessaire, même si je comprends votre envie de gérer personnellement le cas de cette créature.

– Rester chez moi, ce serait pire. Au moins, ici, j'ai l'impression de servir à quelque chose.

– Pierre m'a dit que vous étiez surmenée et que vous commenciez à manquer de lucidité, ce qui est normal. Il est venu m'en informer par bienveillance.

– Laissez-moi terminer ma journée de travail et je vous promets d'essayer de dormir cette nuit.

– Prenez soin de vous, Milena, je sais à quel point c'est difficile, mais de grâce, prenez soin de vous.

Dans les couloirs, Rossy pressait le pas et Gaspard avait du mal à suivre. Sur le parking les attendait le tuk-tuk auquel était accrochée une rutilante baignoire à roulettes remplie d'eau. Le blason des Surprisiers y figurait en bonne place.

– Camille et Henri vous ont bricolé ça en vitesse ! glissa Rossy.

Gaspard était émerveillé comme un gosse.

– J'ai mis de l'eau salée ! Je me suis dit que ça lui ferait du bien…, ajouta Rossy.

Ils accrochèrent le corps de la sirène avec trois ceintures, pour éviter qu'elle ne subisse trop les embardées du pilote.

Tout à coup, l'alarme de l'hôpital retentit. Les portes d'accueil des urgences libérèrent une meute de blouses blanches. À leur tête, toute crinière dehors, le docteur Milena Ratched.

– Arrêtez-vous ! hurla-t-elle. Vous ne pouvez pas me faire ça !

Les mains sur le volant, Gaspard puisa au fin fond de lui-même pour retrouver un semblant de lucidité. Écarter le trop-plein d'émotions pour se concentrer sur le geste juste.

– Et maintenant, allez replonger Lula dans l'océan ! C'est sa seule chance de s'en sortir ! lâcha Rossy en tapant sur le capot du carrosse.

Sur ces mots, Gaspard effectua un des démarrages en trombe dont il avait le secret. La baignoire à roulettes suivit le mouvement en dérapant légèrement.

Milena et son armée d'infirmiers arrivèrent au niveau de Rossy quelques secondes après le départ du tuk-tuk. Si un regard pouvait tuer, alors Rossy serait morte sur le coup.

– Prévenez la police ! Et tenez-moi informée ! cria

Milena en se retournant vers ses sbires avec ses airs d'impératrice mal lunée.

Elle sortit une seringue de sa poche, attrapa Rossy par le col de sa blouse et la menaça.

– C'est du sang de sirène. Si je vous pique, vous mourrez en quelques heures.

Milena entraîna Rossy dans sa voiture.

– Dites-moi où ils vont.

– Qu'est-ce que vous allez faire ?

– Je veux qu'on évite d'autres catastrophes.

– Il va essayer de la remettre à l'eau là où il l'a trouvée… sur les quais.

Milena démarra d'un coup sec.

33

Gaspard et Lula traversèrent Paris sous l'œil amusé des touristes qui les prenaient en photo et leur faisaient des petits signes de la main. Le coup d'œil dans le rétroviseur devenait un tic, toute voiture qui ne les doublait pas, suspecte. Gaspard fonçait le plus délicatement possible, ralentissant sur les dos-d'âne et dans les virages. Arrivé sur le périph, il avait déjà vidé l'eau de la moitié de la baignoire.

La tête de Lula suivait le mouvement. Gaspard priait pour qu'elle ne soit pas morte. Il priait pour qu'elle tienne jusqu'à son débarquement sur les plages normandes. Lui l'insomniaque qui s'endormait dès qu'il devait assister à une messe, lui qui ne croyait qu'au potentiel poétique des histoires, peu importe que les héros aient existé ou non, il priait. Il ne savait pas quoi ni qui prier, mais il priait. Il exhortait l'Invisible à ne pas laisser tomber Lula.

La charge de la baignoire augmentait la consommation du petit moteur du tuk-tuk. À peine avaient-ils échappé au tumulte du périphérique que le voyant rouge se mit à clignoter.

Sur une petite route de campagne, Gaspard finit par trouver une station-service. Tout y était vert et silencieux. Il se gara devant la pompe, puis descendit s'enquérir de l'état de Lula. Il avait tellement crispé sa nuque depuis le début du voyage qu'il avait l'impression d'avoir rapetissé. La sirène respirait par à-coups, ses écailles avaient des faux contacts. Il arrivait qu'elles s'éteignent pendant de longues secondes.

– Gaspard…

Jamais il n'aurait imaginé qu'un jour, entendre le prénom « Gaspard » le bouleverserait à ce point. Son cœur et celui de la sirène étaient désormais fondus l'un dans l'autre tel un sablier. L'or de l'un coulait dans l'autre, et vice versa. Le temps qui leur restait se comptait en poussières de seconde.

Avec ses sacs-poubelle bleus autour des chaussures, sa blouse à moitié dégrafée et son masque autour du cou, Gaspard avait l'air de s'être évadé d'un asile psychiatrique. Il mettait de l'essence dans un tuk-tuk qui traînait une baignoire à roulettes. Dans la baignoire, une sirène à moitié morte. Le pompiste observait la scène derrière la fenêtre de son comptoir. Il sortit ses lunettes de sa poche et les posa avec application sur son nez pour confirmer ce qu'il voyait.

Gaspard entra dans le magasin, se saisit d'une carte routière. En arrivant à la caisse, son regard croisa une paire de talkies-walkies.

– C'est combien, ça ? demanda-t-il au pompiste bonhomme, qui le regardait comme un extraterrestre.

– Cinq euros le jouet et douze euros la carte. Avec le plein, ça vous fait quarante-cinq.

Gaspard n'avait pas l'appoint, et le pompiste vivait dans un espace-temps où il n'était pas question de sirène à sauver.

– Ça doit consommer à fond la machine, là ? Avec la bestiole derrière en plus.

– Ah oui, oui ! Ça consomme ! Ça consomme !

Il mettait un temps si long à chercher ses pièces dans son tiroir-caisse que Gaspard lui offrit de garder la monnaie.

Il sortit de la boutique d'un pas rapide, sa blouse volant au vent et ses sur-chaussures bruissant comme des paquets de bonbons sur le sol. Dans la baignoire, Lula clignotait telle une guirlande électrique et répétait « Gaspard… ».

Ce dernier s'empressa de fixer un des talkies-walkies sur le rebord de la baignoire. De retour à la place du pilote, il ouvrit la carte routière, plus grande que le pare-brise.

Une voiture de police approcha la station-service au ralenti. Gaspard se crispa derrière sa carte routière. Lula agita légèrement sa nageoire et le pompiste remit ses lunettes. La voiture de police accéléra d'un coup et passa son chemin.

Gaspard mit le cap sur Étretat, la plage la plus proche de Grainville, la commune qu'ils s'apprêtaient à quitter.

Pendant ce temps, le docteur Milena Ratched conduisait comme Starsky ou Hutch le long de la Seine.

– Attention ! cria Rossy.

Mais Milena accéléra encore, en transe. Grimaçant de douleur, elle passa sa main sous son chemisier. Les écailles étincelantes recouvraient désormais l'intégralité de ses hanches.

Son téléphona sonna, c'était un de ses internes de l'hôpital.

– Docteur Ratched… On a eu un signalement ! Une petite voiture remorquant une grosse baignoire sur une route de campagne !

– Où ça ?

– Grainville ! Sur la route de Rouen.

Milena frappa le volant avec une telle rage qu'elle se foula le poignet.

– Grainville, putain ! Grainville ! hurla-t-elle en se lançant dans un demi-tour en dérapage.

Rossy laissa échapper un cri de souris apeurée et ferma les yeux.

– Vous le saviez !

– Mais bien sûr que je le savais. Vous croyiez que j'allais vous le dire, peut-être ?

Milena lança son GPS sur Grainville. Ses démangeaisons s'étendaient désormais à ses cuisses. Le frottement de sa peau contre le siège devenait insupportable, ses nerfs étaient plus à vif que jamais.

– Laissez-le la remettre à l'eau. Elle retournera dans son élément et elle ne fera plus de mal à personne.

– Elle a tué la seule personne qui comptait pour moi.

– Je suis désolée…

– Il a essayé de la soigner et elle l'a tué ! Vous savez, en les aidant à s'échapper, vous avez sans doute signé l'arrêt de mort de votre ami…

34

Dans le tuk-tuk, Gaspard essayait de communiquer à travers le talkie-walkie.

– Tu m'entends, Lula ? Tu m'entends ?

Pas de réponse, à part ce bruit de vieille radio. Puis, tout à coup, Lula actionna le talkie-walkie.

– Gaspard…

– Oui ! je suis là !

Encore de la friture et quelques sons de souffle.

– Ça pique.

Gaspard eut envie de planter un coup de frein en plein milieu de la route et de plonger dans la baignoire pour rejoindre Lula. Cette déclaration d'amour qui aurait dû lui donner le coup de grâce le remplit au contraire d'une énergie neuve.

– Ça pique très fort…

Gaspard enfonça la pédale d'accélérateur au maximum. Les cheveux de Lula ressemblaient à un feu blond qui se serait déclaré dans le vent.

– Promets-moi que, quoi qu'il arrive, tu redeviendras ce que tu es… un Surprisier…

– Promis ! lâcha Gaspard dans un souffle.

Lula souriait à l'autre bout du talkie-walkie, Gaspard le ressentait. S'il avait pu s'arracher le cœur et le couper avec un couteau à pain pour en offrir la moitié à Lula et qu'ils restent ensemble, il l'aurait fait. Son esprit fou cherchait une solution dans les arcanes de l'impossible, une autre solution que celle de l'implacable océan.

Le vent commençait à charrier ses parfums iodés, la plage d'Étretat ne devait plus être très loin.

– Gaspard… Il faut que je te dise quelque chose…

Accroché au volant, les yeux plantés dans le pare-brise, Gaspard écoutait Lula. Chaque mot, chaque syllabe. Sa voix sonnait comme un appel enregistré sur une mini-cassette de dictaphone.

Le débit de ses mots ralentissait comme un vinyle lors d'une coupure d'électricité. Le tuk-tuk filait dans la nuit. L'aube commençait à décolorer les étoiles.

– Lula… parle-moi encore ! Lula ?

Elle ne répondait plus. De gros nuages noirs envahissaient les pensées de Gaspard mais il les chassait de toutes les forces qu'il lui restait.

– Tu as déjà imaginé ce que ça donnerait si on avait

des enfants ? Parce que moi, oui. L'idéal, ce serait qu'ils te ressemblent. Tous. Garçons, filles. Je voudrais qu'ils aient tout de toi. Dans la cours de récréation, ce sera pas toujours facile mais pour ce qui sera des cours de chant et de natation, ce seront les meilleurs… Lula ?

35

Milena conduisait en grimaçant, une main sur le volant, l'autre grattant frénétiquement ses hanches. De nouvelles écailles poussaient entre ses cuisses, elle gémissait. Sa respiration devenait difficile. Une soif inhabituelle asséchait sa gorge.

Rossy essayait de ne pas regarder Milena comme l'extraterrestre qu'elle était en train de devenir. Des écailles, toujours plus d'écailles…

Lula, elle, perdait les siennes. Elles se décollaient comme les peaux mortes après un coup de soleil. Les écailles flottaient dans l'eau du bain. Ses arêtes, tel l'intérieur d'un piano de nacre, apparaissaient par endroits.

Gaspard fonçait droit vers la mer. Arc-bouté sur le volant, il faisait corps avec la machine pour la faire avancer plus vite. Le pauvre tuk-tuk habitué aux promenades de touristes entre Notre-Dame et la place de la Concorde commençait à donner de sérieux signes de faiblesse. Le pot pétaradait comme une machine à pop-corn.

Milena continuait de gagner du terrain. Son pied ne quittait plus le plancher. Rossy s'accrochait à son siège. La sensation de brûlure sur sa peau augmentait. Elle prit une bouteille d'eau dans son sac et la renversa sur ses cuisses. Quelques gouttes de sang bleu coulèrent sur le siège. Un souvenir de Victor juste avant la catastrophe remonta d'un coup. Lorsqu'il touchait son ventre en imitant l'oracle devant une boule de cristal. « Ça, c'est pas un cheesecake. » Sa prédiction était juste, mais incomplète.

Elle était en train de se transformer en le même monstre qui avait tué Victor. Cet embryon était tout ce qui lui restait de lui. Que se passait-il pour lui dans son ventre ? Se métamorphosait-il lui aussi ? Milena était enceinte de moins de trois mois, elle connaissait un peu trop bien ce qui provoquait les fausses couches. Cette contamination risquait de tuer le fœtus, elle le savait. Ses pensées remplies d'ombres furent interrompues par la sonnerie de son téléphone.

– Docteur Ratched… On a un nouveau signalement, ils sont en train d'arriver à Étretat !

Quelques minutes plus tard, elle aperçut le panneau « Étretat 3 km ».

Le vent frais de l'aube caressait la peau de Gaspard lorsqu'il gara le tuk-tuk en haut de la plage. Un je-ne-sais-quoi très doux enveloppait l'atmosphère. Tout était tendre dans la façon dont le soleil ne tapait pas encore.

L'esprit de Gaspard s'échappa un instant. Il pensa au petit déjeuner qu'il pourrait partager avec Lula. Elle prendrait du saumon avec une bouteille d'eau minérale à vaporiser, lui un croissant et un chocolat chaud. Ils resteraient attablés sans rien se dire avant que les premiers rayons ne se fassent trop brûlants.

Gaspard souleva le corps de la sirène. Comme au premier jour, elle était inanimée.

La mer lui tendait ses grands bras d'écume. Plus il approchait, plus il se sentait rapetisser. Il trébuchait maladroitement dans le sable. La crinière d'or fin cascadait entre ses bras, sa nageoire abîmée étincelait encore.

Quelques centaines de mètres plus haut, la voiture de Milena fit une embardée pour se garer directement dans les vagues. Elle retira sa blouse à la hâte, puis sa robe. Ses cuisses étaient couvertes d'écailles bleu nuit. Tout en elle fulminait.

Elle ouvrit la porte de la voiture. Rossy attrapa son bras pour la retenir mais elle ne pouvait plus rien face à cette Milena-là. La douleur semblait décupler sa force.

Gaspard continuait d'avancer avec Lula dans les bras comme dans un mariage où seul le vent aurait été invité. Les premières vaguelettes se jetèrent à ses chevilles. Il piétina vaillamment l'écume et s'enfonça dans l'océan.

Il jouait des coudes avec le courant. Les vagues cognaient contre son torse, il vacillait.

La hauteur de l'eau était désormais suffisante pour relâcher Lula. Mais ses doigts restaient collés à la peau de la sirène. Était-ce déjà trop tard ? Elle ne bougeait plus, son corps alourdi par l'eau glissait. La plus belle chose qu'il ait jamais vue. L'embrasser pour toujours. Rien ne pourrait plus jamais lui arriver de mieux.

Tout se découpait en lui, tout s'arrachait et Lula ressentait chaque parcelle des émotions de Gaspard en plus des siennes. Alors, ils s'embrassèrent et ce fut un baiser impossible à arrêter. L'un comme l'autre le savaient, lorsqu'il prendrait fin, ils se sépareraient pour de bon. Ils s'entredévoraient délicatement.

Le baiser prit fin. Le temps semblait s'être arrêté. Mais inéluctablement, il avançait. Gaspard ne parvenait toujours pas à s'y résoudre, ses yeux plantés dans ceux de sa sirène.

Alors, Lula se mit à chanter. Un opéra d'écume, accordé avec le vent. Les vagues fouettaient son visage.

Le corps de Lula était en train de lui échapper. Il ouvrit ses bras. Il sentit les écailles glisser contre sa peau.

Gaspard maintenait la tête de Lula hors de l'eau. Les paupières de la sirène se levèrent, elle le fixa une dernière fois. Des trains à vapeur traversaient le cœur de Gaspard. Ils sifflaient, se cognaient les uns aux autres. Tout prenait feu au ralenti. L'océan se renversait dans le ciel. Le grand tournis des étoiles, en plein jour.

Le corps de Lula s'enfonça et disparut lentement.

Gaspard scrutait la surface de l'eau. Quelques secondes avant, elle était là. La sirène. La fille. La femme. Celle qu'il avait plus aimée en trois jours qu'en trois vies. Et l'écume qui continuait à jouer son rôle d'écume comme si de rien n'était. Le clapot délicat et les choses de vent.

Lula prenait le large. À chaque coup de nageoire, elle recouvrait ses forces. Les profondeurs l'aspiraient. L'obscurité bleue enveloppait ses hanches.

La regardant disparaître, Gaspard hurlait en silence. Il ne se ferait jamais à l'idée de l'avoir perdue, ni de l'avoir gagnée. Pas même de l'avoir connue.

Une pulsion l'envahit : la suivre ! Il plongea dans l'écume. Le sel brûlait ses yeux, il ne voyait rien d'autre que l'intérieur d'une machine à laver. Les courants l'emportaient vers le large mais ses vêtements l'alourdissaient. Son crawl nerveux consommait son oxygène. Des kilos de mètres cubes les séparaient déjà. Elle volait dans le ciel inversé. Les poumons de Gaspard se vidaient, son cœur s'accélérait. Il dérivait encore vers le large au bord de l'épuisement. Cette fois, Lula n'était plus là pour le ramener à la surface.

Il commençait à avaler de l'eau. Ses forces le quittaient. Dans un sursaut d'énergie, il tenta de revenir. Mais il confondait le large et le rivage. Une horde de chevaux sauvages galopait dans son cœur. Du feu dans l'œsophage. Partout en lui, la guerre. Ses muscles se tétanisaient. Il ne pouvait rien faire d'autre que boire cet infini Perrier sans bulles. Le temps qu'il lui restait à vivre se comptait en secondes.

Dix. Angoisse folle de l'inconnu.

Neuf. Désespoir absolu.

Huit. Relâchement musculaire.

Sept. Les feuilles du chêne que Sylvia avait planté le jour de sa naissance.

Six. Le micro sur la scène du Flowerburger.

Cinq. L'œil pétillant de Rossy.

Quatre. La douce étrangeté du rire de Lula.

Trois. La bouche de Lula.

Deux. La voix de Lula.

Un. Un retour de joie surgit. Elle enfla, la joie, pulvérisa la souffrance en un souffle terrible et doux. Une tornade de réconfort l'envahit au contact de cette idée tellement plus grande que lui : Lula était sauvée. Il s'était sauvé dans le même mouvement. Il n'avait jamais été aussi intensément vivant qu'à cet instant où la vie le quittait.

Une main ferme attrapa son bras. Puis une deuxième plus vigoureuse encore. Et tout à coup, le trou noir. Plus rien que le grand rien. Milena remonta son corps à la surface puis le porta jusqu'à la plage. Là, elle l'installa sur le dos et approcha son oreille près de sa bouche. Il respirait. Faiblement, mais il respirait. Elle lui prodigua un massage des voies respiratoires. Souffle par souffle, elle maintenait Gaspard juste au-dessus de la mort. Elle portait secours à celui qui venait de sauver sa meurtrière.

Tout en Milena se cœur-circuitait. Elle culpabilisait de ne pas aller au bout de sa vengeance. Les images de Victor la traversèrent, sa crise d'empathie s'amplifia encore. Elle ressentait l'espoir et cet espoir augmentait sa vigueur. Les yeux de Victor qui ne s'ouvraient pas la hantaient et soudain le clignement de ceux de Gaspard. Une quinte de toux et une sensation de papier de verre dans la gorge. Il était de retour au pays des vivants.

– Lula… ?

– Non. Milena.

Elle se releva péniblement. Elle marcha droit vers l'océan, puis droit dans l'océan, sans se retourner. En plongeant dans l'écume, elle termina sa métamorphose.

Milena avait sauvé Gaspard en pensant à Victor. C'est ce qu'il aurait fait s'il avait été à sa place. Dans son ventre, elle couvait l'espoir d'un recommencement. Le lien possible entre son passé et son futur : le présent, ce cadeau. Elle l'emportait dans les profondeurs.

36

Rossy appela les secours mais Gaspard refusa d'entrer dans l'ambulance. Il voulait rester encore un peu. Il disait qu'il se sentait mieux, qu'il n'avait pas besoin de soins.

Il écumait ses souvenirs, se remplissait du dernier endroit où il avait vu Lula. Gaspard scrutait l'horizon. Depuis toujours il voyait ce qu'il croyait, plutôt que de croire ce qu'il voyait. Alors il guettait encore un signe de Lula.

La nuit finit par tomber de fatigue. Les vagues percutaient inlassablement la voiture abandonnée de Milena. Les mouettes se promenaient sur les essuie-glaces. Gaspard était sonné, le vide lui sautait à la gorge. Plus de poissons panés à cuire ni d'incendie à éteindre, plus d'eau du bain à changer. Et puis ce rêve de disque où elle chanterait qui s'était envolé. La muse venait de réintégrer son statut. Il allait falloir apprendre à se déshabituer de Lula. Entrer en cure de désintoxication de l'extraordinaire.

Ils remontèrent à bord de l'ex-carrosse. Rossy, habituellement si bavarde, n'avait presque pas parlé de la journée. Ils roulèrent vers Paris. Les vaporisateurs vides s'entrechoquaient dans les virages. Ça faisait ce bruit de mât de bateau dans un port de plaisance au petit matin. Tout avait un air de retour de vacances. Les néons de salle de bain dans les stations-service et les sandwichs triangles. La mélancolie compensée par la sensation d'avoir vécu quelque chose d'extraordinaire. Ce cadeau de la nature.

Gaspard jeta un œil à la baignoire dans son rétroviseur. Quelques écailles bleutées flottaient à la surface. Il actionna son talkie-walkie et dit « Allô », puis le reposa. Où pouvait bien être Lula ? Est-ce que le fond de l'océan n'était pas trop froid la nuit ? Il songeait à sa blessure et se demanda si elle trouverait à manger. Est-ce qu'elle pensait à lui comme il pensait à elle ? Est-ce qu'elle l'aimait comme il l'aimait ?

Puis il pensa à Milena. Sans cette créature, il serait mort. Il ne conduirait pas un tuk-tuk à l'entrée du périphérique. Il n'aurait pas le loisir de se souvenir de Lula.

Rossy s'endormait sur le siège passager. Quelle merveille il avait là ! Une famille à elle toute seule. Elle veillait sur lui, un peu trop sans doute. Et qui veillait sur Rossy ? Personne.

Elle se réveilla lorsque Gaspard gara son tuk-tuk devant leur immeuble. Ils montèrent dans le petit ascenseur sans prononcer un mot. Sur le palier, Gaspard la prit dans ses bras. Longtemps.

Son appartelier lui fit l'effet d'un cendrier géant. Il nourrit Johnny Cash qui miaulait son blues et se réfugia dans la salle de bain. Le poisson gonflable voletait toujours au plafond. Le sable et les étoiles de mer étaient intacts. L'eau ensanglantée bleue. Il s'installa tout habillé dans la baignoire. Il voyait ce que Lula avait vu pendant trois jours et trois nuits. Du carrelage noir et blanc. Des canards en plastique. Des bouteilles de shampoing vides qui dataient d'une autre vie.

Lorsque la nostalgie l'envahissait, il pensait qu'elle nageait quelque part. Il l'imaginait, enroulée dans les courants. Tout l'or de ses cheveux en queue de comète. Il la voyait presque.

Sa douleur physique avait disparu, plus aucun symptôme.

Le sommeil vint le cueillir à l'aube, mais il fut rapidement réveillé par le bruit de sa sonnette. Ce devait être Rossy, la moindre des choses était d'aller lui ouvrir. Ses pas faisaient des bruits d'éponge, ses habits donnaient l'impression qu'il avait dormi dans une machine à laver.

– Un colis pour vous ! Il me faut juste une petite signature, lui dit un livreur qui était peut-être un des Daft Punk vu qu'il gardait son casque de moto sur la tête.

Il le remercia, posa le paquet sur la table de la cuisine. La réalité faisait son grand retour. Sa poubelle débordait et il n'y avait que du poisson pané dans son frigidaire.

Son père s'apprêtait à signer le contrat de vente du Flowerburger. Henri l'avait appelé pour le prévenir, les Barberettes aussi. Il fallait repartir au combat, il le savait. Ne pas se laisser accabler. Apprendre à recommencer. Reprendre de l'élan.

Il commença par enfiler des habits secs et descendre la poubelle. Le sac se déchira et les déchets dégringolèrent dans l'escalier. Les perles qu'il avait jetées brillaient au milieu des ordures.

Il releva son courrier et remonta chez lui. Une facture d'électricité et des publicités plus moches les unes que les autres. Gardant le meilleur pour la fin, Gaspard ouvrit le joli paquet reçu un peu plus tôt. C'était une toute petite boîte, extrêmement lourde. À l'intérieur, des billes blanches. Les mêmes que celles qui scintillaient dans sa poubelle. On aurait dit un coffre au trésor en carton. Une lettre manuscrite se trouvait à l'intérieur.

Cher Monsieur Snow,

En tant que biologiste de l'hôpital Saint-Louis, j'ai été chargé d'analyser ces étranges perles appartenant à votre amie Lula. Il s'agit de nacre pure, d'une finesse jamais égalée. Mais surtout, elles sont serties d'or et de diamants bruts. Ce trésor vous revient car ces perles ont été produites grâce à vous. Ce sont ses larmes.

En vous souhaitant un prompt rétablissement,

Bien à vous,

Pierre Martin

37

Partout dans l'appartelier, c'était Pâques. Lula avait pleuré dans toutes les pièces de la maison. Dans la baignoire, sous le lit, dans le lit, partout ! Après une fructueuse chasse au trésor dans le local à poubelles, Gaspard trouva également des perles dans l'habitacle du tuk-tuk et sa baignoire portative. La poule aux yeux d'or. Lorsqu'il fit estimer ses perles chez un bijoutier, on lui en proposa dix mille euros pièce. Il en avait retrouvé cent cinquante-sept. Gaspard devenait officiellement trouveur d'or.

La signature du contrat de vente du Flowerburger devait avoir lieu dans l'après-midi. Il racheta la péniche avec quelques perles et le soir même, il décida de prendre la mer. Camille s'y opposa, arguant que le bateau n'était pas fait pour naviguer ailleurs que sur un fleuve. Pour quelques perles de plus, Gaspard fit renforcer la coque, allonger la quille et installer un mât escamotable qui permettrait de se transformer en voilier. Il proposa à Henri,

Rossy et Camille d'embarquer avec lui. Son père préféra rester à quai mais il l'aida à mettre en place le chantier. Officiellement, c'était le tour du monde des Surprisiers. Gaspard voulait partager une grande aventure et la retranscrire dans le *Livre secret*. Mais tout le monde savait qu'il partait à la recherche de Lula.

La péniche largua les amarres le 31 janvier 2017, le jour de l'anniversaire de Sylvia. Gaspard promit de revenir chaque année à la même date pour fêter l'anniversaire de sa grand-mère. Cette date deviendrait officiellement la fête annuelle des Surprisiers.

La péniche se faufila sous les ponts jusqu'à l'horizon. Voir disparaître Paris dans son dos fournit le premier grand frisson. Sentir le fleuve se changer en mer donnait l'impression de quitter le port pour de bon. Rapetisser devant l'immensité du monde, s'exposer au sublime. Vérifier la houle comme on vérifie son courrier, partir pour se retrouver. S'inventer de nouveaux souvenirs. Se donner les moyens d'être surpris. Imaginer et travailler dur pour réduire l'écart entre rêve et réalité. Souder. Se souder. Résister. Tenir. Soutenir. Résister. Ne plus se contenter de regarder, apprendre à voir. Trouver. Se retrouver. Se perdre. Perdre. Donner. Recommencer. Vivre en accéléré pour tenir en équilibre entre le futur et le passé. Lula avait réparé la machine à rêves. Tout pouvait arriver désormais, tout pouvait continuer.

Remerciements

Merci à tous ceux qui ont cru à mon histoire de sirène et m'ont encouragé à cette pêche miraculeuse. Rosy, Olivia de Dieuleveult, Anne Michel, toujours sur le pont. Merci à mes tout proches et merci aux cousins télépathiques que sont mes lecteurs. C'est à travers vous que je travaille à devenir un Surprisier.

DU MÊME AUTEUR

38 MINI-WESTERNS (AVEC DES FANTÔMES), Pimientos, 2003, J'ai lu, 2011.

MAINTENANT QU'IL FAIT TOUT LE TEMPS NUIT SUR TOI, Flammarion, 2005, J'ai lu, 2006.

LA MÉCANIQUE DU CŒUR, Flammarion, 2007, J'ai lu, 2009.

MÉTAMORPHOSE EN BORD DE CIEL, Flammarion, 2011, J'ai lu, 2012.

MÉTAMORPHOSE EN BORD DE CIEL, ÉDITION DE LUXE, Flammarion, 2011.

L'HOMME VOLCAN, Flammarion/Actialuna, 2011.

LE PLUS PETIT BAISER JAMAIS RECENSÉ, Flammarion, 2013, J'ai lu, 2014.

LA MÉCANIQUE DU CŒUR, LE LIVRE DU FILM, Flammarion, 2014.

LA MÉCANIQUE DU CŒUR, L'ALBUM DU FILM, Flammarion, 2014.

JOURNAL D'UN VAMPIRE EN PYJAMA, Albin Michel, 2016, et suivi de CARNET DE BORD, Le Livre de Poche, 2017.

Composition : IGS-CP
Impression : CPI Bussière en janvier 2019
Éditions Albin Michel
22, rue Huyghens, 75014 Paris
www.albin-michel.fr
ISBN : 978-2-226-43977-2
N° d'édition : 23323/01 – N° d'impression : 2039192
Dépôt légal : février 2019
Imprimé en France